Im Verlag BoD - Books on Demand sind vom selben Autor ebenfalls als Taschenbuch und E-Book erschienen:

-Wolves ...a progressive Fantasy Story
ISBN: 978-3-7519-3602-6

-Wolves 2 ...the Story continues
ISBN: 978-3-7534-5925-7

Bibliografische Information der Deutschen Nationalbibliothek:
Die Deutsche Nationalbibliothek verzeichnet diese Publikation in der Deutschen Nationalbibliografie; detaillierte bibliografische Daten sind im Internet über http://dnb.dnb.de abrufbar.
© 2021 Gerold Ruckgaber

Herstellung und Verlag: BoD – Books on Demand, Norderstedt
ISBN: 978-3-7543-0142-5

Vorwort

-Liebe kann man nicht erzwingen!

-Man kann sie auch nicht kaufen, -oder sich einfach so wünschen?

Liebe ist in unseren Herzen, -und dafür schlagen sie!

-Unabhängig vom Alter,

-frei von jeglichen Zwängen,

-abseits von materiellen Dingen,

-…Ego, -oder Stolz!

…-und wenn ich irgendwann nicht mehr bin,
…-dann bleibt Dir vielleicht diese Geschichte als Erinnerung!?

…für eine eigenartige, …-aber auch wunderbare Frau!!!

Mai, 2021.

Gerold Ruckgaber

Wolves 3
...the final chapter

VII - Break

1 (Not human anymore - Unitopia)

Ich biss, - spuckte, -kratzte!

Aber er hielt mich unbarmherzig fest.
Dunkles Blut lief mir schon aus einigen kleinen Wunden und färbte mein Leinenhemd zu einem bunten Fleckenteppich.

Seine langen Reißzähne kamen meinem Hals immer näher und lauwarmer Speichel floss ihm aus der länglichen Schnauze.

Mein Inneres schrie mir zu!
-Und der volle Mond am Himmel tat sein übriges.

Aber ich durfte mich nicht verwandeln.
Nein!
"Lass es nicht zu!!!" -noch war die Vernunft stärker!

Es ist Ralf!
-Mein Bruder!

"Ralf! -Hörst du mich!
Ralf, -Bitte!!!" , -meine Stimme war nur noch ein leises Flüstern.
"Hör auf! - Bitte!"

Seine Kiefer schnappten nach mir.
Meine Kräfte ließen nach.
Ich konnte ihn nicht mehr aufhalten.

"Ich muss es einfach tun!", -mit diesem Gedanken fasste ich mit der Linken in die Gesäßtasche meiner Jeans und zog die Spritze heraus.

Die silberne Nadel der Spritze drang durch seine Halsschlagader und ich drückte sie bis zum Anschlag aus.
Wieder entging ich nur knapp seinen Reißzähnen.

Aber schon nach wenigen Sekunden lockerte sich sein Griff und ich konnte mich etwas befreien.
Die Wirkung setzte wirklich sehr schnell ein, -so wie Dr. Fahrenschon es beschrieben hatte.

GottseiDank!!!

Seine Augen verloren das Feuer und er rutschte wie in Zeitlupe an mir herunter.
Jetzt war nichts mehr von seiner unbändigen, unkontrollierbaren Kraft zu spüren.
Nein, -er fühlte sich an wie Gelatine.
Er sank halb auf mich und verwandelte sich.

Es war wieder Ralf!

-Aber was hatte ich getan!?

"Ralf!?", -kopfschüttelnd, -ungläubig!

Ich taumelte mit ihm auf mir nach hinten, verlor das Gleichgewicht und wir fielen rücklings die Treppen nach unten.
Jetzt lag ich auf ihm und er rührte sich nicht mehr.
Das Gift hatte seine Wirkung nicht verfehlt!

Aus Todesangst wurde Panik, die sich in mir breitmachte!

Heike und Ma, die sich in der Küche eingeschlossen hatten blickten vorsichtig und ängstlich durch einen Türspalt und traten dann auf den Flur.

Verzweiflung lag in meiner Stimme.
"Er ist tot!", schrie ich panisch!
" -Ruft schnell Dr. Fahrenschon an!"
Dann rappelte ich mich auf, ließ sie stehen und ohne einen weiteren Blick rannte ich aus der Wohnung.

Ich hatte ihn umgebracht!!!

…zum ersten Mal hatte ich getötet!
Ralf!!!

Ich hatte alles verloren.

-Zuerst Birgit!
-Jetzt Ihn!

Und dann meinen Verstand!
Ich rannte und ließ alles hinter mir.
-Vorerst!?

"Nein!!!"

2 (Its your life – PBII)

Vier Wochen früher.

Es war Mittag als ich mich schweren Herzens von Birgit verabschiedete.
Sie war in meinen Armen eingeschlafen und ich konnte ihren leisen
aber steten Herzschlag spüren.

-Was habe ich ihr aufgebürdet?
Kann man mit jemanden wie mir überhaupt befreundet sein?
-Wie kommt sie mit dem Geschehenen zurecht?
Und wenn ja, hinterlässt es Spuren, Schmerzen???

Ich fuhr mit Ma vom Krankenhaus zurück.

Im Auto redeten wir kein Wort.
-War mir recht.

Ich musste die letzten Stunden verarbeiten.

"Ich mach uns Rührei!"
Zuhause holte sie eine große Pfanne hervor und schlug vier Eier auf.

Ich nickte, nahm zwei Teller und Besteck und setzte mich dann an den Küchentisch.

"Hoffentlich ist es jetzt vorbei?"
Sie blickte zu mir.
"Hhm!? - ...ich war der Auslöser für Alles!",
Ich schob einen Satz hinterher der sie erschreckte!
"Und der bin ich immer solange ich leben werde!?"

"Geralt!!!, -das darfst du nicht denken!" Ihre Augen waren weitaufgerissen!

"Doch Ma!
-Es hat wieder einen Toten gegeben."
Ich erschrak selber vor mir!

"-Aber wir mussten ihn töten, ansonsten wären Ralf und ich, -und vielleicht auch Birgit gestorben!"
Ich schluckte schwer.
"Ma, -es ist einfach nur traurig. Ich maße mir nicht an über Tod oder Leben zu entscheiden.
Aber was muss ich noch alles durchmachen?
- Und auch Ralf!
-Ihr???"

Doch ich fand schnell einen Schuldigen.
"Dr. Koppold hat dieses Szenario inszeniert. Er ist an allem schuld!"

Ma rührte in der Pfanne.
"Er wird seine gerechte Strafe dafür bekommen."
Ich nickte.
"Hoffentlich.
-Mir tut nur Birgit sehr, sehr leid."

-Nein, -nie mehr weinen!!!
Obwohl sich die Tränen schon hinter den Augenlidern sammelten.

Sie legte den Kochlöffel weg und kam mit der Pfanne zum Tisch.

"Geralt, wir können das was passiert ist nicht mehr rückgängig machen. Wir leben im hier und jetzt.
Das einzige was wir machen können ist nach vorne zu schauen.
Birgit wird wieder gesund, auch wenn ihr diese schlimme Erinnerung vielleicht für immer bleiben wird!?"
Sie schöpfte mir den Teller voll.

"So, - jetzt essen wir und dann haben wir uns beide erstmal Ruhe verdient!"

3 (He knows You know - Marillion)

Ich hatte sehr unruhig geschlafen, wachte immer wieder auf.
Aber ich blieb im Bett bis zum nächsten Morgen.

Ralf und ich mussten heute wieder ins Krankenhaus zum Verbandswechsel und Nachkontrolle.
Natürlich freute ich mich besonders darauf Birgit zu sehen.

Ma übernahm wieder das Fahren.

"Na wie geht`s?"
-So begrüßte sie Ralf als wir ihn bei Heike abholten.

"War schon mal besser!"
Man merkte ihm die Schmerzen an als er sich ins Auto quälte.
"Hab heute Nacht Fieber bekommen und so gut wie gar nicht geschlafen!"
Das sah man ihm auch an!
"Und wie ist`s Dir?"
Er blickte mich an.
"Auch schlecht geschlafen, -aber mir geht`s schon etwas besser."

Wir wurden gemeinsam ins Behandlungszimmer gerufen.
Ma wollte so lange bei Birgit vorbeischauen.
Von einer Arzthelferin wurden uns die Verbände abgewickelt.

Dr. Fahrenschon trat ins Zimmer.
"Hallo Jungs. -Jetzt bin ich aber mal gespannt!?"
Er beugte sich zu mir.
"Das sieht ja schon ganz gut aus. -Da können wir in zwei Tagen die
Fäden rausnehmen."
Tatsächlich.
Die Wundränder waren schorfig und die Heilung hatte sehr schnell
eingesetzt. Die kleinen Schnittwunden waren schon fast nicht mehr zu
sehen.

Allerdings sah es bei Ralf anders aus.
Seine Verletzung hatte sich entzündet und schimmerte jetzt in bunten
Farben.
Außerdem nässte sie.

"Tja, … das hab` ich mir fast gedacht!?"
Er sprach es mehr zu sich selber als zu uns.
"Wir müssen die Wunde nochmals öffnen und neu desinfizieren."
Er blickte zur Helferin, die sofort alles nötige herrichtete.
"Danach bekommst du Antibiotika, -und solltest dann die kommenden
Tage immer wieder zum Nachschauen kommen!"
Er sprach jetzt zu Ralf, und er machte dabei irgendwie ein besorgtes
Gesicht!
"Geralt, -du kannst gerne draußen warten. Das dauert jetzt ein
bisschen!"

Ich ging auf den Flur.
-"Seine Verletzung hat wirklich nicht gut ausgesehen?", dachte ich bei
mir.

Ma kam mir entgegen.
"Birgit geht`s etwas besser. Ich soll dir Grüße ausrichten. Aber sie hat
jetzt ihren ersten Termin bei der Psychiaterin, -und der wird dauern!"

Okay, -schade. -…ich dachte mir nichts dabei.

Nach zwanzig Minuten kam Ralf mit Dr. Fahrenschon aus dem
Behandlungsraum.

"Und?"
Ma war aufgeregt.

"Alles halb so wild."
Beruhigend sprach er zu meiner Mutter, -aber ich spürte dass er ihr gegenüber nicht alles sagen wollte.
"Wenn er brav seine Medizin nimmt, -und sich Ruhe gönnt, dann sieht`s in ein paar Tagen wieder ganz gut mit ihm aus!
Ich hab` ihm noch ein schmerzstillendes Mittel gespritzt, das hält `ne Weile vor!"

Er drehte sich zu mir.
"Und Geralt, -gönne auch dir und Birgit noch etwas Ruhe. Zwei bis drei Tage tun euch gut!
Aber ich möchte mir trotzdem morgen nochmals deine Verletzungen anschauen."

-Er wollte mir etwas sagen!? -Ich spürte es ganz deutlich!?

"Okay! -Ich werde dann mit dem Bus kommen. Wann ist egal?"
„Wenn Du da bist, werd ich mir die Zeit für Dich nehmen."
Er drückte uns die Hand.
„Sagen Sie bitte Birgit nen lieben Gruß, -und Danke."
-Traurig.

„Werd` ich tun!", entgegnete er.

Ich vertraute ihm zu hundert Prozent.

Wir brachten Ralf zu Heike.
Dieser war schon im Auto aufgrund der Medikamente mehrmals eingeschlafen.

"Der Schlaf wird ihm gut tun.", sagte Ma zu Heike.
"Da muss das Jugendhaus halt heute noch mal zu bleiben."

"Glaub ich auch." Heike führte Ralf nach drinnen.
"Ich werde mich gut um ihn kümmern!"

Zuhause ging ich auch gleich nach oben.
"Ich geh auch gleich schlafen!", rief ich Ma noch von der Treppe nach unten.
"Bin ja gespannt was Dr. Fahrenschon von mir möchte?",
-dachte ich noch bei mir und nach kurzer Zeit fiel ich in einen traumlosen Schlaf.

4 (It will be a good day - Yes)

Kurz nach zehn Uhr stieg ich in Weißenhorn aus dem Bus und machte mich auf den kurzen Weg zum Krankenhaus.
Das Wetter war schön, -zwar noch kalt, -aber die Sonne stand am Himmel.
Ich hoffte inständig, dass ich Birgit noch besuchen durfte?

Es dauerte keine halbe Stunde, da kam Dr. Fahrenschon in den Wartebereich und holte mich in sein Arztzimmer.
Die Türe war ausgetauscht worden und auch sein Schreibtisch sah wieder ordentlich aus.
-Nur der silberne Brieföffner fehlte!?

Ich war gespannt.

"Geralt. -Du fragst Dich sicherlich warum ich dich nochmals herbestellt habe?"
"Ja das tu` ich!", ich nickte ihm zu.

"Also pass auf.
Ich möchte mit offenen Karten spielen."
Er deutete auf einen Stapel von Papieren, Schriftstücken und Schnellhefter die auf einem Beistelltisch lagen.

"Ich habe mir die kompletten Unterlagen von Dr. Koppold geben lassen, nachdem diese von der Polizei freigegeben wurden und fange an diese durchzuarbeiten."
Interessiert hörte ich ihm zu.

"Auch die Blutproben von Dir, Rudi und Wolfgang habe ich bekommen."
Ich beugte mich nach vorne.

"Seit langem schon beschäftige ich mich mit Toxiden und Giften!
Alles was mit Stichen, Bissen von Insekten, Schlangen, Kröten und anderem giftigen Getier zu tun hat.
Ich entwickle für alle Arten Antiserums oder Medikamente die diesen entgegenwirken.
Nicht so wie mein Kollege!"
Da war ich ja froh.

Er fuhr fort.
"Ich weiß über Dich, Rudi und Wolfgang Bescheid. Nur, -wie soll ich damit umgehen?"
"Hhm!?", -mehr konnte ich grad nicht dazu sagen.

"Geralt! -Ich möchte Dich gerne studieren, -dein Blut und Speichel untersuchen, -und auch mit Dir verschiedene Tests und Experimente durchführen!
Aber nicht zu deinem Nachteil, -oder um es gegen Dich zu verwenden.
Sondern um Dir und anderen damit zu helfen! -Und Du musst es natürlich auch wollen und zulassen!?"

Ich stand auf.
"Hört sich gut an! -Aber wie muss ich mir das vorstellen?"

"Okay, -als erstes werde ich mir alle Blutproben vornehmen.
Von Dir bekomme ich jede Woche eine Neue.
-Vor allem auf die bei Vollmondphase bin ich dann gespannt.
Ich denke dass wir schon nach den ersten vier Wochen spannende Resultate haben werden!?
Ich werde Dich wöchentlich darüber auf dem laufenden halten!"

"Auf die Ergebnisse bin ich dann auch gespannt?"
Ich krempelte meinen Ärmel hoch.

"Dann lassen sie uns gleich damit anfangen."

Er griff zur Sprechanlage und bestellte eine Helferin zur Blutabnahme.

"Kann ich Birgit noch besuchen?",
fragte ich ihn als die Schwester zwei Kanülen abgezogen hatte.

"Lass ihr noch Zeit. Ich hab gestern mit ihr geredet und ihr deinen
Gruß ausgerichtet. Sie braucht noch Ruhe.
-Aber ich möchte auch sie in unser Vorhaben mit einweihen, -wenn es
ihr wieder besser geht!"

Ich nickte.
Klar war ich enttäuscht, -aber wahrscheinlich war es besser so.

"Morgen kommt ja dein Bruder zur Nachkontrolle. Mal sehen wie es
ihm geht?"
Wir verabschiedeten uns.
Ich ließ mir noch einen neuen Termin geben und fuhr dann mit dem
nächsten Bus nach Hause.

5 (Evev in the quietest moments - Supertramp)

Nach drei Tagen war auch Ralf wieder besser drauf.
Das Fieber war weg.
-Seine Wunde heilte!?

Aber es würden Narben bleiben.
Sowohl sichtbar, -körperlich, -als auch psychisch!!!

Meine Fäden waren schon gezogen worden und außer ein paar roten
Striemen an der Schulter war nichts mehr zu sehen.
Ich hatte auch keine Schmerzen mehr.

Birgit hatte ich jetzt schon seit fast einer Woche nicht mehr gesehen,
aber es ging ihr anscheinend jeden Tag besser.

"Sie darf am Samstag wieder nach Hause.

Körperlich geht es ihr sehr gut, -und auch psychisch ist sie jetzt wieder sehr gefestigt!"
Das war die letzte Aussage, die ich von Dr. Fahrenschon auf meine neuerliche Nachfrage bekam.
Das freute mich sehr und ich konnte es nicht erwarten sie zu sehen!!!

Am Freitagmittag saßen wir, -Ralf, Heike, Ma und ich in der Küche beim Essen.
Ma hatte Käsespätzle gemacht und wir ließen es uns ordentlich schmecken.
Ralf ging es wieder viel besser , er hatte zwar noch Schmerzen im Brustbereich, aber er hatte seinen Humor wieder gefunden.

"Heut Abend mach ich das Jugendhaus wieder auf. -Aber du musst die Bierkisten tragen!?"
Er sagte es augenzwinkernd zu Heike.
"-Aber das kann doch auch ich machen!?"
Ein klasse Vorwand für mich dass ich heute Abend weg durfte!?
-Es funktionierte!

Kurz vor sieben kam ich im Jugendhaus an.
Es war schon einiges los.
Stefan saß wieder mal mit seinen Kumpels an der Theke.
Ralf "trohnte" auf einem Barhocker dahinter und Heike kümmerte sich um die Bestellungen.
Trotzdem dass wir uns schon mittags gesehen hatten ließ sie alles stehen und liegen als sie mich sah und nahm mich in den Arm.

"Geralt! - Schön dass Du da bist!
Ich bin so froh, dass es euch Beiden wieder gut geht!"
Sie nickte dabei Ralf zu, der sich etwas schwerfällig von seinem Barhocker quälte.
„Hey Großer.", war seine Begrüßung für mich. Er verzog aber etwas die Mundwinkel.
„Was los?", fragte ich ihn und legte ihm die Hand auf.
„Weiß auch nicht so genau. Krieg immer wieder so ein merkwürdiges Ziehen im ganzen Körper. Und das Fieber ist doch noch nicht komplett weg."

Ich blickte ihn fragend an, aber er wich meinen Blick sehr schnell aus.
…aber auch jetzt dachte ich mir nichts dabei!?

„Da wär so ein Cocktail vom Doc wohl wieder gut!?", kam von ihm als
Antwort.
„Na dann lass uns doch schnell ein Bierchen nehmen.
-Vielleicht hilft es ja auch so gut!?"
Er reichte mir eine Flasche über die Theke.
„Ich geh` mal zu den Andern. -Kommst auch noch?"
Er nickte.
Langsam drehte ich mich um und ging zur Couchecke, wo schon
jemand mit offenen Armen auf mich wartete.
Steffi!!!

„Geralt!", -sie drückte und küsste mich.
„Mensch was habt ihr zwei denn ohne mich veranstaltet!?
- Ick hätt` euch doch geholfen und alle sauber in den Arsch getreten!"

Mit dem Gedanken an Rudi war mir nicht zum Lachen zumute.
Sie merkte es sofort.
„Det tut mir leid. -Ich weiß dass es nicht einfach für Dich ist!?"
Ja, da hatte sie durchaus recht.

Alle anderen begrüßten mich auch herzlich, -und schnell suchten sie
ein anderes Thema.
„Wann kommt denn Birgit wieder?".
Conny setzte sich neben mich.

„Hhm!? -Laut dem Doc darf sie morgen wieder nach Hause.
Hab sie jetzt auch seit über einer Woche nicht mehr gesehen!"
Conny spürte sofort dass mich dies belastete und nahm mich in den
Arm.
„Tut mir so leid für Euch, -und auch das mit Rudi. Ihr solltet so was
nicht durchmachen müssen, sondern das Leben genießen und Spaß
haben!"
„Danke Conny, -ich weiß das zu schätzen!", -meine Gedanken waren
wieder bei Birgit.
-Und es beschlich mich ein komisches Gefühl!?

Ralf kam nach einer Weile auch dazu und wir unterhielten uns dann alle über den bevorstehenden Faschingsumzug, -der am nächsten Sonntag Höhepunkt des Karnevals in Senden war.

„Da könnten wir uns doch nach einem gemeinsamen Motto verkleiden?", -der Vorschlag kam von Schädel.

„Könnt ihr gerne machen!", -warf ich ein.
„Aber ich mach nicht mit.
Ich werde zwar erscheinen, aber nach Fasching und Verwandlung ist mir nicht!"

„Verständlich!"
- Das kam tatsächlich von Fräulein, der sonst immer fast alles ins Lächerliche zog.

„Okay, dann machen wir es so wie immer bisher. Jeder geht als was er möchte und wir treffen uns wie gehabt zur Mittagszeit bei Rosi zum Vorglühen!?"
Schaufel blickte in die Runde.

„Wir können uns ja Pärchenweise verkleiden?", warf Steffi ein.
„Gute Idee!", kam da gleich von Conny.

„Und ich?" -Fräulein.
Steffi beugte sich zu ihm.
„Hast ja noch über ne Woche Zeit?
-Vielleicht geht ja auch für Dich noch ein Türchen auf???"
Sie drückte ihm einen Kuss auf die Wange und jetzt lachten wir wieder alle.

Ralf stand auf.
„Ich reservier` Euch dann die Couchecke für nach dem Umzug, denn da wird hoffentlich viel los sein!?"
Alle nickten zustimmend.

Mir war aber trotz der lauten Musik aufgefallen, dass er die ganze Zeit nervös mit seinen langen Fingernägeln auf dem Tisch trommelte.

Und wiederum wurde ich das Gefühl nicht los, dass etwas Schlimmes bevorstand!?

6 (Break - Enchant)

Ich war pünktlich zuhause und am nächsten Morgen auch schon sehr früh auf.

Heute wird Birgit aus dem Krankenhaus entlassen und ich freute mich natürlich darauf sie zu sehen.
Ihre Eltern holten sie ab.

„Mal sehen wann sie sich meldet?", dachte ich bei mir als ich die zweite Tasse Kaffee einschenkte.

Ma war schon beim Einkaufen und ich blätterte das Amtsblatt von Senden durch.
Auf den letzten beiden Seiten waren immer verschiedene Anzeigen abgedruckt.

-Auch die Todesanzeigen.

Die von Rudi war auch dabei.

-Beerdigung am Dienstag um vierzehn Uhr auf dem Waldfriedhof.

„Da werd` ich auf jeden Fall hingehen! -Das bin ich ihm schuldig!"

-Alles kam wieder hoch.
Warum?
Eigentlich war er ja ein toller Kerl. -Spaßig!
-Aber er hatte halt die falschen Freunde!?
Freunde?
Nein, -Hatte er die wirklich?

Das Läuten des Telefons holte mich aus meinen Gedanken.

Ich wusste sofort wer es war!
„Hallo Geralt!" (…kein „Hey!")?

Birgit!
…-aber ihre Stimme klang irgendwie? …belegt? …traurig?… leise!

„Hast du heute Mittag Zeit?
Bin vor `ner halben Stunde nach Hause gekommen und möchte Dich treffen?
-Wir müssen reden!?"

Holy F.ck!!!

- Wenn jemand zu dir sagt -"wir müssen reden"-, dann ist es meist nichts Gutes!
-Mein Gefühl bestätigte sich in mir.

Ich schluckte den Kloß in meinem Hals nach unten.
„Klar, ich warte ja schon darauf dich zu sehen!"
-Ehrliche Antwort.

„Okay, -magst gegen fünfzehn Uhr vorbeikommen, dann gehen wir ne Runde zum Waldsee?"
Ich spürte in meinem ganzen Körper dass irgendetwas nicht stimmte.

„…-aber freu Dich nicht zu sehr auf mich!", sie sagte es mit Nachdruck.

„Hhm!", es war das einzige was ich jetzt entgegnen konnte.

Was passiert denn jetzt schon wieder???

7 (Thats why it hurts - Sylvan)

Pünktlich, -wie immer, stand ich bei Ihr vor der Türe.

Ich hatte Ma nichts von meinem Gefühl berichtet, sondern nur gesagt dass ich mich mit Birgit treffen wollte.

Sie öffnete komplett angezogen, -wie wenn sie schon lange auf mich warten würde.
Wir nahmen uns kurz in den Arm, -aber es war nicht so wie sonst!?

Schnell lief sie dann durch den Garten und schlug den Weg zum Waldsee ein.
Ich lief neben ihr her wie ein begossener Pudel!?

„Birgit?"
Sie blieb abrupt stehen und drehte sich zu mir.

Jetzt hatte ich zum ersten Mal seit „ewiger" Zeit wieder Gelegenheit ihr ins Gesicht zu sehen.

Ihre Haut war noch immer sehr blass und sie hatte einen rötlichen Ausschlag um ihre Lippen.
Die sonst so strahlenden Augen wiesen keinerlei Glanz auf und sie wich meinem Blick aus.

„Geralt! - Es tut mir leid."
…-es war nur ein Flüstern.

Was tat ihr leid?
Mir musste es leid tun!
Ich war für alles der Sündenbock!!!

Jetzt fanden sich unsere Blicke und es wurde mir einiges klar!

„Ich will das alles nicht mehr!"
-Wenigstens ist sie ehrlich zu mir!
Sie sagte nicht, -ich kann das nicht mehr.
Sondern,
-ich will…..!

„Ich hab in den letzten Tagen im Krankenhaus sehr viel nachgedacht, -und ich weiß momentan nicht was ich jetzt tun soll!
Mit Dir zusammen ist es schön, -und Du bist ein ganz wertvoller Mensch"

Kleine Tränen kullerten ihr über die fahle Haut.
„Aber, -ich/wir leben seit fast einem Jahr in Todesangst.
Es ist so viel passiert, -und ich spüre dass dies noch nicht das Ende sein wird.
Ich will es nicht mehr.
Geralt -Es tut mir sehr leid!!"

Ich blickte sie nur an und konnte nichts sagen.

-Aber meine Synapsen machten einen Looping!
Doppelt!! -Dreifach!!!

Was war aus unserem Neuanfang geworden?
Was aus unseren Versprechungen?
Was aus uns???

Sie zitterte, -und ich spürte mit all meinen Sinnen, dass Sie es ernst meinte, -aber auch, dass es ihr wirklich sehr leid tat!

Tja, -jetzt stand ich ihr gegenüber und wusste nicht mehr ein noch aus!

Wie sollte ich mich jetzt verhalten?
Was sollte ich tun?
Was sagen???

-Keine Ahnung!!!

„Und da ist noch mehr."
Jetzt blickte sie zu Boden.
-Ich habe im Krankenhaus jemanden kennengelernt."

Mehr brauchte sie nicht zu sagen.

Nie mehr weinen!
-Aber dieser Vorsatz war jetzt dahin!
Ich drehte mich von ihr weg.

Es fing an in mir zu brodeln und mir wurde heiß.

Ich könnte Sie töten!
-Zwei, drei kurze Atemzüge würden genügen!?

-Aber es war Birgit!!!

Dann brach etwas in mir zusammen.

Ich musste mich ins kalte Gras setzen.
Sie trat neben mich und stützte sich an meiner Schulter ab.

„Geh,
…-geh bitte!"
Mehr wollte, -und konnte ich auch nicht zu ihr sagen.
Mein Atem ging flach.
„Bitte geh!!!
…- Schnell!"

Ich hatte es noch nie vor ihr getan.
Aber als ich jetzt zu ihr aufblickte erschrak sie.

-Schnell drehte sie sich um und lief davon.

8 (Black Dog – Led Zeppelin)

Lange Zeit saß ich einfach nur da.

Keine Ahnung wie lange?

-Ich konnte nichts denken.
Irgendwann stand ich auf.
Es wurde schon dunkel und meine Hose war fast an die Erde
angefroren.
Aber es störte mich nicht.

Wie in Trance lief ich durch die Straßen.

„Der Fluch des Blutes!",
-so schwirrte es durch meine Gedanken.
-Aber ich liebe Sie doch!!!

Durfte ich überhaupt lieben?

9 (Whole Lotta Rosie – AC/DC)

Gedankenverloren öffnete ich die Tür zum Löwenhof.

„Hi Geralt."
Rosi begrüßte mich wie immer vom Tresen.
-Keine Antwort.

Ich setzte mich an einen kleinen Tisch.
Sie brachte mir ein Bier und sah mich fragend an, -als ich aber ihren
Blick erwiderte wusste sie dass es besser war mich alleine zu lassen.

Es war zwar Samstagabend, -aber halt doch noch etwas früh; -darum
waren noch nicht viele Gäste da.

Das erste Bier hatte ich schnell leer und Rosi brachte mir ein Neues.
Wieder rubbelte ich, -aber diesmal das komplette Etikett ab!
„Was ist denn los mit Dir?"
Es war eine ernstgemeinte Frage. Das erkannte ich an ihrem Blick.
„Lass mich einfach!"

Ich wollte nicht barsch, -oder so direkt sein!
-Doch, -ich durfte es endlich auch mal sein!?

Die Tür ging auf und Willi kam herein.
„Mensch Geralt! Länger nicht gesehen, -aber alles gehört!
Hast ja sauber aufgemischt!!!"
Das sollte ein Kompliment, -aber auch witzig sein.
-Aber es kam nicht so richtig bei mir an.
Trotzdem schaute ich zu ihm auf.

„Deine Kamera und den Recorder bekommst du wieder. Weiß nur nicht wie lange den die Polizei noch als Beweismittel braucht?"
„Passt schon! -Und sonst?"
Er blickte mir in die Augen.

„Ooh, -schon okay!!! - Keine weiteren Fragen!"
Schnell wandte er sich den Spielautomaten zu.

Auch diese Flasche war dann schnell leer.

-Jetzt hatte ich Lust mich zu schlagen!
Lass Stefan, -oder irgendeinen blöden Typen zur Tür rein kommen.
Bitte, bitte!!!

Aus zwei Bier wurden drei, -dann vier, …-und,-und…

„Geralt?"
Rosi stupfte mich an.
Ich saß zusammengesunken auf dem Stuhl und hatte das Gesicht in meinen Händen vergraben.
„Ich hab im Jugendhaus angerufen. Steffi kommt jetzt gleich vorbei und holt dich ab. Was ist denn mit dir?"

„Das ist der Preis dafür!", stammelte ich vor mich hin.
„Was?"
Sie schaute mich verwundert an.

„Wölfe weinen nicht. -Sie kämpfen!"
Ich stand auf, zog meine Jacke an und ging.

10 (I walk beside you – Dream Theater)

Ich war mehr wie angesäuselt und kaum draußen, da kam auch schon Steffi um die Ecke.
„Mensch Geralt! -Was ist denn passiert?"
Echtes Interesse!

Sie hängte sich bei mir ein und wir gingen die Hauptstrasse entlang.
„Mann, -ick mach mir Sorgen um Dich seit Rosi angerufen hat!"

-Jetzt brachen alle Dämme.
Es war nicht mehr aufzuhalten.
Unter Tränen erzählte ich ihr alles.
„Hey, -det tut mir voll leid."
Sie nahm mich in den Arm.
Aber schon bald hatte ich mich wieder unter Kontrolle.

„Komm mit zu mir!"
Es war mehr ein Befehl als eine Frage.

Wir lagen auf ihrem Bett und langsam wurde ich wieder klarer im
Kopf.

„Ich werd` mich mit ihr treffen und mal über alles mit ihr reden!"
Steffi zeigte echte Anteilnahme.
„Hhm. -Nein, -lass gut sein. Es ist wie es ist!"

Im Hintergrund lief „Close to the edge" von meiner Yessongs.

Ich richtete mich auf und stopfte mir ein Kissen in den Nacken.
„Es wird ab jetzt nichts mehr so sein wie es war!"
„Wie meinste das?"
- Auch Steffi setzte sich auf und schüttelte ihre Haare.

„Ich werde auf niemanden mehr Rücksicht nehmen."

-Wut und Adrenalin hatte sich in mir angesammelt und dem ließ ich
freien Lauf.
„Ab jetzt lebe ich mein Leben!"
Ich wusste dass meine Augen wieder leuchteten.

„Soo, -denkste dass du det kannst?",
-sie legte ein Bein über meines und begann mich sanft zu streicheln.

Ich schob ihre Hand zur Seite und stand auf.

„Lass es gut sein, -Du bist ne tolle Frau!
-Und ich fühle mich wirklich zu Dir hingezogen, -aber du bist mit
meinem besten Kumpel zusammen!
-Und für mich gibt es nur die Eine!"

Ich ging zum Fenster und blickte auf das Grundstück von Dr. Koppold.

„-Und dem haben wir das alles zu verdanken!!!"

11 (Beautiful - Marillion)

Es war schon nach eins, als ich von Steffi nach Hause ging.

Ma war schon im Bett, -aber es brannte noch Licht in ihrem
Schlafzimmer.
Wahrscheinlich hatte sie wieder auf mich gewartet?
Sie schlief.
Ich knipste das Licht aus und ging leise nach oben.

Was für ein Sch....tag!!!

Lange Zeit lag ich noch wach und alles wiederholte sich in mir.

-Ich hatte doch nichts falsch gemacht?
-oder?

Im Gegenteil.

-Eigentlich hab ich sie ja gerettet!
Gerettet???

-Aber ich hatte sie ja auch in die Situation gebracht!
...also doch alles falschgemacht!?

Was sollte, -oder was konnte ich sagen?
...-ihr darauf entgegnen?

Wenn sie mich jetzt fragen würde,

„Was ist Dir wichtiger? …mein Leben, -oder Deines?"

-…dann würde ich antworten:

„Meines!"

Sie würde es nicht verstehen und gehen.

-Denn sie kann ja nicht wissen, dass Sie „mein Leben" ist!!!

12 (I wish it would rain down – Phil Collins)

Mir war schlecht als ich aufwachte.
Aber ich wusste darauf auch sofort, dass es kein Traum war.

Es war Sonntag und Ma machte sich auf den Weg zur Kirche.
Ich hatte ihr nichts erzählt, -aber sie sah mir an dass mich etwas bedrückte.

-Sollte ich Birgit anrufen?
Mit ihr nochmals reden?

Nein, -ich musste sie erstmal in Ruhe lassen!

Das Wetter wurde immer besser, und der letzte Schnee schmolz und floss in kleinen Rinnsälen in die Gullys der Straßen.

Was konnte ich heute unternehmen?

Ich zog mir Jacke und Schuhe an, -schrieb für Ma einen Zettel und lief Richtung Waldsee.

Am See setzte ich mich auf den Steg und warf kleine Steinchen ins Wasser.

Irgendwie war es zu einem wertvollen Platz für mich geworden,
-natürlich auch an viele Erinnerungen geknüpft.

-Sie hat jemanden kennengelernt?

Vor acht Tagen lagen wir noch nebeneinander auf ihrem Krankenbett!?

Natürlich stimmte es,
…-ich brachte sie schon öfters in große Gefahr und es wird
wahrscheinlich nie anders sein!?
… und das was passiert war hätte sie töten können!!!

-und der Auslöser war immer ich!

Ich konnte aber auch vor meiner Besonderheit nicht davonlaufen!?

Wut kam in mir hoch.
-Aber nicht auf Birgit, -oder den anderen!?
Nein.
Auf mich selber.
Ich schüttelte den Kopf und beobachtete mein Spiegelbild im kalten
Wasser.

-Können Werwölfe ertrinken?
Ich blickte ins Wasser.

Es würde auf jeden Fall saukalt sein!?

Todessehnsucht!?

Ja?,
-Nein.
…das hatten wir ja auch schon!

Aber ich selber konnte es nicht beenden.
Nur einer war dazu noch in der Lage.

-Ralf!

Mich fröstelte.
Ich stand auf und ging nachdenklich zurück.

13 (Dr. Tarr and Professor Fether – Alan Parsons Project)

Montag.

Ich ging wieder zur Schule.
Oder sagen wir besser, -ich war körperlich anwesend.

Birgit war nicht da.
-Sie war noch eine Zeitlang krankgemeldet.

Kaum jemand traute sich mich anzusprechen?
-Aber von allen wurde ich beobachtet!

Ich wurde immer mehr zum Einzelgänger!?

Im Moment wars mir recht!!!

Am Nachmittag hatte ich wieder einen Termin bei Dr. Fahrenschon.

Gleich nach dem Unterricht fuhr ich mit dem Bus nach Weißenhorn.

Ich musste nicht lange warten und der Doktor holte mich in sein Zimmer.

„Wie fühlts du dich?", es war eine ehrliche Frage.
„Geht so." Ich wich seinem Blick aus.
„Wegen Birgit?", jetzt verblüffte er mich wieder.

„Ich hab da so was mitgekriegt, solange sie da war. Und auch gestern war sie hier.
Zum einen zur Kontrolle, -aber sie wollte auch jemanden besuchen!"

Ich nickte leicht und sank tiefer in den Stuhl.

„Geralt, -ich konnte es beobachten, ich hab es mitbekommen, -aber ich kann so was nicht aufhalten.
Es ist der Lauf der Dinge auf die wir keinen Einfluss haben!"
Wieder nickte ich und diesmal blickte ich ihn an.

Er sah die Tränen in meinen Augen und auch Wut und Enttäuschung kamen wieder in mir hoch.

„Okay, lass uns über was anderes reden.
Ich habe deine Blutproben analysiert und im Verhältnis zu denen von Rudi und Wolfgang sind deine die interessantesten."

Er zog ein Blatt aus einem Schnellhefter und legte es vor sich.

„Die Wandlungsfähigkeit und Resistenz gegen äußere Einflüsse ist noch um einiges höher. Außerdem ist es mit Enzymen durchsetzt die im Verletzungsfalle für eine deutlich schnellere Heilung sorgen.
-Aber es ist auch sehr toxisch!
Wirklich ein sehr, sehr interessantes Blutbild."
Ich hörte ihm wieder aufmerksam zu.

Er stand auf und ging um seinen Schreibtisch zu einem metallenen Schrank der an der Wand befestigt war.

„Ich habe mit euren Blutproben einige Experimente durchgeführt, -habe sie mit diversen Giften von Schlangen, Fröschen und Fischen durchsetzt, -und konnte erstaunliche Ergebnisse erzielen."

Mit der Linken zog er eine Schublade im Schrank auf.
Es lagen drei volle Ampullen und zwei fertig aufgezogene Spritzen darin.
„Sie sind gefüllt mit dem stärksten Gift, dass es bisher jemals gab.
Ich habe die Textur in vielen Nächten zusammengestellt."
Er griff eine Ampulle und hielt sie hoch gegen das Licht.

Mit stolzem Unterton wandte er sich wieder an mich.
„Geralt, -mit diesem Gift könntest du in knapp zehn Sekunden einen Elefanten lähmen, …-und dann führt es zum Tode!?

„Hhm!?
-Und wer braucht so was?", ich schaute ihn an.

„Die Wissenschaft, -die Medizin, -die Forschung."
Ich unterbrach ihn nur ungern.
„Aber wirklich nur für so was, -und nicht für…., na ja, -sie wissen schon!?"

Beruhigend legte er mir die Hand auf die Schulter.
„Darauf passe ich auf!", entgegnete er mir.
„Vertrau mir!".
- Das tat ich.

14 (I`m not blind – Presto Ballet)

Wiederum nahm er mir etwas Blut ab, schaute sich die ehemaligen Verletzungen nochmals an und nach knapp einer halben Stunde verabschiedete er mich wieder.

„Kopf hoch!",
er drückte mir die Hand und ich wusste was er damit meinte.

Auf dem Flur Richtung Ausgang kam „der Andere" mir entgegen.

-Ich wusste es sofort, -und ich konnte die Situation riechen!?

Er war kleiner als ich, .kräftige Figur,
-die fast weißen Haare mit einem Haarband aus dem Gesicht gehalten.
Ich schätzte ihn weit über zwanzig?

Er blickte mich direkt an.
…-ich ihn auch!
Wir gingen aneinander vorbei und nickten beide kurz zum Gruß.

Ich drehte mich um.
„Hhm, -Entschuldigung?"

Er blieb stehen und drehte sich etwas unlustig zu mir.
„Ja?"

„Du, …-du kennst doch sicher Birgit, die bis letzte Woche als Patientin
hier auf Station war?"
„Ja und?"

„Ich bin Geralt!"

Jetzt blickte er interessierter.

„Ja, -Birgit hat dich erwähnt!",
sagte er mit leichter Unsicherheit in der Stimme.

-Sie hatte mich erwähnt?
…erwähnt???
Mein Puls und Atem wurden flach.

-Zerfetze ihn!!!
Mein inneres Ich schrie es mir zu!!!

-Weide ihn aus!!!
-…hier im Krankenhaus auf dem Flur!!!

Blut würde auf Wände und Fenster spritzen und ein farbenfrohes
Szenario hinterlassen!?

-Töte ihn!!!

Ich ging einen Schritt auf ihn zu und hielt ihm meine Hand entgegen.
Jetzt blickte er verwirrt.

„Ich wünsche euch alles Gute.
-Tu mir bitte nur einen Gefallen und pass gut auf Sie auf!!
Sie ist etwas ganz Besonderes!!!"

Er erwiderte meinen Handschlag, -konnte mir aber außer einem
Nicken nichts entgegnen.

Und auch ich war erstaunt über meine Worte.

15 (Onward - Yes)

Dienstag.

Beerdigung.

Unsere ganze Klasse war da.
-Fast?
…Birgit fehlte.

Ich hielt mich im Hintergrund, doch immer wieder drehte sich jemand
zu mir um.

Nach Rudis Beisetzung und bevor seine Eltern in die Kirche gingen
nahm ich meinen ganzen Mut zusammen und trat vor sie.
Sie blickten mich traurig an.

"Es tut mir sehr leid.
-Ich, -…", das Reden fiel mir schwer.

"Ich, -ich wollte das nicht! -Aber ich hatte keine andere Möglichkeit!"
Ich blickte zwischen ihnen hin und her.

"Gerald, -du kannst nichts dafür!"
Seine Mutter nahm meine Hand.
"Er war von Dämonen besessen, die ihm dieser Kurpfuscher eingesetzt
hatte. Er war schon lange nicht mehr er selber. Wer weiß, -irgendwann
wäre er vielleicht über uns hergefallen!?"
Ihr Mann nickte.

"… -Trotzdem war er unser Sohn!"
Tränen liefen ihr über die Wange.

Ich drückte ihre Hand.

"Ich werde ihn immer in Ehren halten!", sagte ich aufrichtig zu ihnen.

16 (Changes - Yes)

Der Rest der Woche verging schnell.
Ich blieb jeden Abend daheim.

Ich hörte Musik, -schrieb meine Gedanken auf.

Vorerst hatte so vieles für mich keine Bedeutung mehr!?

-Samstag.

Wir wollten uns wieder im Jugendhaus treffen und uns nochmals über
den Umzug morgen austauschen.

Ich hatte Ralf die ganze Woche nicht gesehen, -er war nicht zu Besuch,
und auch Ma hatte sich bei mir nach ihm erkundigt!?

Heike stand allein hinterm Tresen als ich eintrat.
„Hallo Geralt, -na?"
Das mit Birgit und mir hatte sich inzwischen bei allen rumgesprochen.

„Geht! Danke.
-Wo ist Ralf? Hab ihn die ganze Woche nicht gesehen?"
Sie beugte sich zu mir vor.
„Er kommt etwas später. -Aber Geralt!", jetzt flüsterte sie.
„Es geht ihm nicht Besonders. Und er ist auch irgendwie komisch. Er
schläft schlecht und wirkt total unruhig?"

„Hhm! Da werd ich nachher mal mit ihm reden."
„Mach das, erwähne aber nicht dass ich was gesagt hab!"
Ich nickte und drehte mich dann zur Couchecke wo die anderen saßen.

„ES" - lebt!",
-freudig begrüßte mich Fräulein.
Bis auf Steffi und Schaufel waren schon alle da.

-Und sie wussten es natürlich auch.
-Aber niemand sprach es an, worüber ich froh war. Denn innerlich
brannte ein Feuerwerk in mir!

Steffi und Schaufel kamen auch bald.
Sie begrüßte mich sehr herzlich und setzte sich gleich dicht neben mich,
und auch Schaufel drückte mich heute etwas länger.
Nachdem jeder was zu trinken hatte wurde nochmals über die morgige
Kostümfrage diskutiert, aber wir blieben bei unserer Vorgabe.

„Ich hab ein Hammerkostüm, -das wird euch umhauen!!!"
Fräulein blickte freudig in die Runde.
„-Na da bin ick aber sehr gespannt?", war die Antwort von Steffi.

Ich saß zwischen ihnen, hörte aber nur gelegentlich zu.
Meine Gedanken waren woanders.
Steffi spürte es und immer wieder nahm sie meine Hand.

-Wieder war kein Stefan da, dem ich eine verpassen konnte!?

Schließlich kam Ralf.
Mit kurzem Handzeichen begrüßte er seine Gäste und ging zu Heike
hinter den Tresen.
Die blickte kurz zu mir.

Das Deckenlicht war gedimmt, und so konnte ich ihn auf die
Entfernung nicht genau sehen, -aber irgendwie wirkte er anders!?
Er ging etwas gebeugter, -oder wie wenn man sich vor Schmerz
krümmte.
-Und mir war als er zu uns blickte, -wie wenn seine Augen
schimmerten!?
Ich nahm mein Bier und stand auf.
„Wo willste denn hin?"
Steffi hielt mich wieder am Arm.

„Mit Ralf reden, -haben uns die Tage nicht gesehen!"
Sie ließ mich los.
„Aber nicht weglaufen, gell?"

Es kam mir so vor, wie wenn sie als mein Aufpasser abgestellt worden
wäre.
-Aber sie meinte es nur gut, -und es war mir ja nicht unangenehm!

17 (Sleep with the enemy – Flower Kings)

In dem Moment als ich zum Tresen ging kam Stefan mit einem seiner
Kumpels zur Tür herein.

-Widerlicher Atem, Alkohol, Nikotin.
Mein Geruchssinn reagierte sofort.

Ich musste an ihnen vorbei um hinter die Bar zu gehen.

Er stellte sich mir mitten in den Weg.

„-Meine Gebete wurden erhört!!!", …
-Nein!, …ich dachte nichts.
Es war instinktiv!!!

Sein Kumpel stand dicht hinter ihm, konnte mich aber für einen
Moment nicht sehen.
-Stefans massiger Körper war im Weg.
Bevor dieser auch nur ein Wort sagen konnte,
(…-was er durchaus wollte, -da er tief Luft holte…),
rammte ich ihm meine Faust direkt auf den Solarplexus.

Etwas entlud sich in mir!

-Es tat mir sehr, sehr gut.
Aber ich hatte mich zu meinem eigenen Erstaunen unter Kontrolle.

Er fiel mir jetzt fast in meine offenen Arme und ich setzte ihn sofort auf einen Barhocker und legte seinen Oberkörper auf den Tresen.
Er rang röchelnd nach Luft.
Sein Begleiter hatte von meinem Schlag nichts mitbekommen.

„Pass auf deinen Freund auf, -ich glaub der hat sich bei meinem Anblick schwer verschluckt!?",
sagte ich zu ihm und schob ihn neben Stefan.
Dann trat ich schnell hinter die Bar.

Ralf hatte es so ziemlich als Einziger mitbekommen.
Er stand wie zum Sprung gebeugt da.
Die Muskeln angespannt, -Zähne gebleckt und leckte sich mit der Zunge über die Lippen.

Himmel! …was ist denn mit dem los?,
…-meine Gedanken!

„Ralf!?"
Erst als ich neben ihn trat und ihn ansprach entspannte er sich.
„Wolltest du grad über den Tresen springen?"

Er schüttelte sich kurz.
„Keine Ahnung! - …weiß nicht so richtig?
-War wie ein Impuls!"

Was redet er denn?

„-Aber seit wann bist Du denn so ein Arsch geworden?",
das galt mir.

„Komm mal mit."
Ich schob ihn zur Türe.

„Wir gehen hoch in die Teestube.", sagte ich zu Heike.

„Und stell mal besser nen Eimer bereit.
Ich glaub Stefan geht's nicht so gut!?"

Stefan wurde jetzt von seinem Kumpan immer wieder in eine aufrechte Stellung gebracht um besser Luft zu bekommen.

Sein Gesicht war aschfahl.

18 (Is it really true - Eloy)

Wir setzten uns direkt ans Fenster.

„He Großer? -Was los?
Hast Dich die ganze Woche nicht gemeldet und machst jetzt auf mich nen komischen Eindruck!
Passt was nicht?"
Ich blickte zu ihm, -aber wieder wich er mir aus.

„Mensch sag schon und schau mich an!"
Ich nahm ihn an der Schulter.
Jetzt blickte er zurück und ich sah das Leuchten in seinen Augen.

„Nein!"
Ich musste tief Luft holen.

„Doch, Geralt! …-und da ist noch mehr!"
Er stand auf.

„Kann doch nicht sein,
-Du, …-mach bitte keine Späße mit mir!"
Ungläubig sah ich ihn an.

Langsam ging er im Kreise.

„Ich kann kaum mehr schlafen.
Ich schleiche durch unsere Wohnung,
…-manchmal geh ich raus.
-Ohne Schuhe barfuss!

Ich krümme mich vor Schmerzen und im nächsten Augenblick schießt Adrenalin durch meine Venen und ich könnte Bäume ausreißen!
-Ich sitze stundenlang vor dem Bett und beobachte Heike im Schlaf,
…-und, …,
 und,…totale Unruhe!!!"
Er schüttelte den Kopf.

„Irgendetwas stimmt nicht mit mir. Oder besser gesagt in mir!"
Jetzt holte er Luft.
„Es ist als wie wenn irgendjemand, oder irgendetwas von mir Besitz ergreifen will???"

Seine nächsten Worte machten mir Angst.

„Und es ist Mächtig und Gierig!!!"
Seine Augen blitzten.

„Mann, -Mann, -Mann!???
-Was wird das denn jetzt?"

Ich stand auch auf und blieb vor ihm stehen.
„Seit wann ist das mit deinen Augen so?"

„Vor zwei Tagen bin ich wieder unruhig aus dem Bett gekrochen,
-hab das Licht nicht angemacht um Heike nicht zu wecken.
Sie wurde aber doch wach und hat mich angesehen.
Es war wie bei „Rotkäppchen und der böse Wolf!?"
„Ralf? …-warum hast du denn so leuchtende und große Augen?"

Seinen Humor hatte er immer noch nicht verloren.
-Aber ich hörte aus seiner Stimmlage auch etwas euphorisches.
Und das machte mich sehr nachdenklich.

„Erzähl weiter!"

„Ich konnte auch ohne Licht im Dunkel sehen!
…Anders zwar,
-aber ich konnte sehen!

Und im Badezimmerspiegel hab ich mir dann zum ersten Mal selbst in
die Leuchten geschaut.
-Gelb!, ...-so wie deine, wenn du wieder hässlich wirst!?"

Jetzt packte ich ihn an den Schultern.
„Ralf, ...das ist kein Spaß!
Du, -du hast dich infiziert, -angesteckt, -oder was auch immer!?
Ich denke dass es mit deiner Verletzung zu tun hat!"
Er schüttelte meine Hände ab.

„Und jetzt???
Verwandle ich mich jetzt auch? -Werd ich so wie Du?"
Wieder mit euphorischem Unterton.

„Hoffentlich nicht!
Mensch Ralf, -versteh doch!?
Das ist nicht lustig, -oder heroisch, -oder sonst was?
Hast doch alles miterlebt!"

Mir war todernst!!!

„Ich hab am Montag wieder Termin bei Dr. Fahrenschon.
Bitte geh mit mir mit. Wenn jemand weiß was wir tun sollen, dann er!?"
Das Leuchten in seinen Augen verschwand.

„Denkst Du er kann helfen?"

„Keine Ahnung, -aber er hat deine Wunden behandelt, -hat deine
Blutwerte und er ist absolut ehrlich.
Ich halte es für gut!"

„Okay, -ich geh mit.
Und jetzt gehen wir wieder runter. -Und kein Wort zu Heike!"
Wiedermal schüttelte ich den Kopf.

„Sie weiß..., -oder besser gesagt, sie vermutet es.
Sie hat mit mir über dich geredet. Sie möchte auch nur dein Bestes!"

Er schob mich zur Türe.
„Mir fehlt doch nichts!?
- Fühl mich stärker als zuvor und hab sogar noch ein paar extra
Funktionen mehr!"

„Arschloch!,
…kein Spaß!
Lass uns morgen noch den Umzug hinter uns bringen und am Montag
holst mich gegen elf daheim ab.
-Hand drauf!"

Mit Handschlag gingen wir wieder nach unten.

19 (Don`t give up – Caligulas Horse)

Es hört nie mehr auf.

Immer wieder was Neues!

Reicht es noch nicht?

Ralf!!?
-Was wenn er sich wirklich verwandelt?
…zur Bestie wird?

Wer soll ihn aufhalten?
-Ich?
Nein, -niemals!!!

…ist sonst niemand da???

Aber wenn?
-dann doch??!

…aber was,
…-wenn er mich tötet???

Ralf hatte sich wieder im Griff, bediente seine Gäste und tat als ob nichts wäre.

Ich nahm mir Heike für ein paar Minuten zur Seite und erzählte ihr alles.

„Danke Geralt. ...langsam hab ich Angst bekommen.
Hoffentlich bringt der Termin bei Dr. Fahrenschon was!?"
Sie machte sich echte Sorgen um ihn.
„Was können wir sonst tun?"

„Hhm!?, ...-auf den nächsten Vollmond warten!?"
Meine spontane Antwort war wohl nicht so treffend, denn schon spürte ich ihren Ellbogen in meinen Rippen.

Apropos!?
-Stefan und sein Kumpel waren nicht mehr da, - ich fragte aber auch nicht nach.

„Alles okay mit euch Zwei?"
Steffi schaute mich neugierig an.
Sie hatte uns beobachtet wie wir gegangen und wieder gekommen waren.
„Weiß nicht so recht, -kann sein dass du jetzt auch noch auf Ralf aufpassen musst!?"
Sie zog die Augenbrauen hoch.
„Ne, ne, ...-Du und der reichen mir!", sie lehnte sich lachend an Schaufel.

-Könnte ich jetzt auch nicht im Ernst von Dir verlangen!?,
...-waren meine Gedanken dazu.

-Und trotz allem anderen blieben meine Gedanken immer wieder bei Birgit!

-Was macht Sie wohl gerade?

-Wie geht's Ihr?

-Denkt Sie vielleicht auch gerade an mich?

-Oder ist er bei Ihr?

Jetzt glühten meine Augen wieder.

„Faszinierend!",
…war der Kommentar von Steffi dazu.

VIII - The Dance of Fools

21 (Last of the wilds - Nightwish)

Der Sonntag begrüßte alle Karnevalsfreunde mit viel Sonnenschein und angenehmer Temperatur.

Ich hatte einen alten, ausgeleierten braunen Anzug von meinem Vater an.
Die Ärmel gingen mir nur knapp über die Ellenbogen. -Die viel zu weite Hose wurde durch ein paar Lederhosenträger gehalten und sie war zu kurz für meine langen Beine.
Doch ein paar gestreifte, hohe Ringelsocken bildeten einen schönen Kontrast zu meinen schwarzen Lederschuhen.
Ein weißes Leinenhemd vervollständigte mein Outfit.

Wir hatten uns im Löwenhof verabredet.

Um kurz vor eins ging ich los.
Ich lief wieder den kleinen Weg entlang, der kurz vorm Kino in die Hauptstraße mündete.

In einiger Entfernung vor mir sah ich zuerst nur wallende rote Haare.

Steffi.
-Alleine.

Sie trug einen langen schwarzen Mantel und hohe Schuhe.

Ich ging schneller und wollte sie noch vor der Hauptstraße einholen.

Schnelle Bewegungen und ein Schatten kurz hinter ihr irritierten mich.

Ich fing an zu laufen.

Wieder eine Bewegung.

Es war wie wenn ihr jemand hinter den niedrigen Büschen hinterherschleicht!?

Sonst war niemand auf dem kleinen Weg unterwegs.

-Nochmals Schatten!

Jetzt konnte ich eine dunkle Gestalt erkennen.

-Meine Sinne schlugen Alarm!!!

Was oder wer war das denn?

Ich atmete kurz und meine Finger wurden zu spitzen Klauen.

„Steffi!!!", -ich schrie ihren Namen.
Sie blieb sofort stehen und drehte sich um.

Die dunkle Gestalt war jetzt fast auf gleicher Höhe mit ihr.

Steffi konnte sie nicht sehen, denn sie blickte zu mir.

„Geralt!", -rief sie mir freudig zurück und winkte mir zu.

Ich erkannte eine Wolfsfratze mit langen schwarzen Haaren.
Das Maul war aufgerissen und zwischen einer Reihe gelblicher Zähne
war die lange, rosafarbene Zunge zu sehen.

In vollem Laufschritt hechtete ich an der jetzt erschrockenen Steffi
vorbei und riss die Gestalt zu Boden.
Gleichzeitig packte ich die schwarzen Haare, zog den Kopf zurück und
schlug ihr mit der anderen mitten in die hässliche Fratze.

Es gab einen lauten Schmerzensschrei, -und zu meiner Verwirrung
hielt ich nur noch eine wabbelige Gummimaske in der Hand.

Es brauchte einen kurzen Augenblick, aber dann erkannte ich ihn.

-Fräulein lag auf dem Boden und hielt sich die Hände vors Gesicht.

Steffi stand starr vor Schreck da und beobachtete nur.

„Das gibt's jetzt echt nicht!?"
Alles in mir war im roten Bereich!

„-Du, …du Arsch,
…-du blöder Hund!
Du,…?"

Ich stand auf lief ein paar Meter ins matschige Feld.
Die Maske warf ich auf den Boden und trampelte ein paar Mal mit den Füßen drauf.

-Ich war sauer!
Stinkesauer.
-…und bereit zum Töten!!!

Meine Hände, -oder immer noch Klauen, -klackten gegeneinander.

Langsam und immer noch zitternd ging ich zurück.

„Sag mal spinnst Du komplett?
-Was hast Du dir dabei gedacht?"
Er war ebenfalls wieder aufgestanden, blickte mich aber noch immer mit vorgehaltener Hand an.

„Ich wollte Steffi nur erschrecken, …-wollte mir nen Spaß machen!
Aber Du hast mir fast die Nase dabei gebrochen!!!"

Jetzt klagte er mich an
Das gibt's doch nicht!?
…-er klagte mich an!?

„Du Arschloch! …-ich hätte dich fast getötet!!!"
Ich hielt ihm meine, - noch immer „Klauen" unter die Nase.
„Nein, -Fräulein, -mit so was macht man keine Späße!"

22 (Send me an angel - Scorpions)

Ich drehte mich um und lief davon.
Steffi rief mir noch hinterher, -aber ich ließ sie beide stehen.

Es dauerte ein „bisschen" bis ich mich wieder unter Kontrolle hatte.

Kurz vor der Kirche am Parkplatz setzte ich mich auf eine Bank.

-Fast hätte ich Fräulein getötet!?

Aber, warum macht er auch so was?

Ich stützte meinen Kopf zwischen meine Hände.

Vom Parkplatz liefen zwei Kinder in meine Richtung.

Der Junge als Cowboy verkleidet, -mit aufgemaltem Wyatt Earp-
Bärtchen und einer Käppseles-Pistole in Händen.

Das etwas jüngere Mädchen als Engel, mit goldener Perücke und
aufgesteckten Flügeln am rosa Kleidchen.

Der Junge zielte mit seiner Pistole auf mich und drückte mehrmals ab.

Ich hielt noch immer mein Gesicht in Händen.

Das Mädchen setzte sich frech und selbstbewusst neben mich.
„Bist du traurig?"
Ihre hellen braunen Augen schauten mich vorsichtig an.

„Hhm!"
Sie nahm mir meine Hände vom Gesicht.

„Wie heisst du?"
Ich blickte sie an.

„Geralt."

„Ich bin Josie, -und ich bin ein Engel!"
Sie wackelte mit ihren kleinen Flügelchen.

„-Und weißt du was meine Mama immer zu mir sagt wenn ich traurig
bin?"
„Nein, -sags mir?"
Sie hopste von der Bank und stellte sich vor mich.

„Sie sagt, ...Josie, -wenn du traurig bist, -dann kommt von irgendwo
ein Engel der dich küsst!"
Sie beugte sich vor und gab mir ein Küsschen auf die Wange.

„Josie!!!, ...komm, ..-wir wollen los.
-Und lass den Mann in Ruhe!"
Ihre Mutter rief ihr vom Auto zu.

„Tschüss Geralt!",
-sagte sie noch zu mir und „flatterte" mit ihren kleinen Flügelchen
davon.

-Unglaublich!?

Vor kurzem noch hätte ich fast einen guten Freund getötet und jetzt
wurde ich von einem „Engel" geküsst!?

Mal sehen, was der Tag noch so bringt!?

Mit etwas besserer Laune stand ich auf und ging Richtung Innenstadt.

23 (Higher - Creed)

„Wuchty!!!"

Mit Bierflaschen nach oben gestreckt wurde ich lautstark begrüßt.

Fräulein stand etwas abseits daneben und schaute betreten zu Boden.

Ich ging zu ihm.

„Geralt, -tut mir echt leid!
 -Ich hab mir nichts dabei gedacht."
Seine Nase war geschwollen.

„Mann Junge, -ich darf darüber gar nicht mehr nachdenken.
Ich hätte dich fast getötet!!!"

„Ja, habs gespürt und gesehen.
Hab zwar nur deine Klauen gesehen, aber das hat mir gereicht.
Möchte nicht wissen wie du aussiehst wenn du „anders" bist!?"

„Sei froh wenn du das nie zu Gesicht bekommst!!!
-Und ich hoffe deine Nase ist nicht gebrochen?"
Er schüttelte den Kopf.

„Denn das tut mir nicht leid!
-Das hast du dir selber zu zuschreiben!
Und jetzt lass uns etwas Spaß haben!"
Wir drückten uns kurz und gingen zu den Anderen.

Alle waren verkleidet, -die einen mehr, -die anderen weniger.
-Fräulein jetzt nicht mehr!?

Rosi hatte eine kleine Theke vor dem Löwenhof aufgebaut und hatte
richtig Betrieb.
Sehr viele Leute standen schon links und rechts an der Straße, feierten
und warteten darauf dass der Umzug startete.

Seit der Begegnung mit Josie ging es mir wieder viel besser.

„Wir haben uns noch gar nicht richtig begrüßt, -und ich muss mich
auch noch bei dir bedanken?"
Steffi drängte sich neben mich.

„Für was denn?"
„Du hast mich vor dem bösen Wolf gerettet!"

Sie klimperte mit ihren extra für heute viel zu langen Wimpern.

„Kann nicht sein?",
entgegnete ich ihr und nahm sie in die Arme.
„...der böse Wolf bin doch ich!?"

Sie wollte mich küssen, -doch ich wich ihr aus.
„Ooh?,,, sagte sie leicht enttäuscht.

„Wir haben dan anderen nichts darüber erzählt was vorher passiert
ist.",
sagte sie dann zu mir, -hielt mich aber noch immer in den Armen.

„Danke!", -jetzt gab ich ihr einen Kuss.

„Danke auch!"

-Ohne Worte!

24 (The magic roundabout - IQ)

Über vierzig verschiedene Gruppen.

Einige große Festwagen.
Hexen, -Schalmeien, -Prinzengarden und viele, viele andere.

Es war ein schöner, „friedlicher" Umzug und alle hatten ihren Spaß.

Einige Biere und viele kleine „Scharfe Hüpfer" schafften es dann auch,
dass ich mehr wie Spaß hatte.

Irgendwann machten wir uns alle auf den Weg zum Jugendhaus und
mischten uns unter eine der letzten Gruppen, die mit kleinen
Schlagzeugen, Trommeln und anderen Rhytmusgeräten für tolle
Stimmung sorgten.

Singend und tanzend liefen wir zwischen ihnen hin und her und winkten immer wieder den Besuchern zu.

Jetzt hatten wir uns gemeinsam zu einer großen Reihe eingehängt und schwangen unsere Beine im Takt der Trommeln nach links und rechts.

Links neben mir Fräulein und rechts?
…-Steffi!

Plötzlich hatte ich einen bekannten Geruch in der Nase und ich schaute nach links zum Straßenrand.

-Birgit!

Aber nicht alleine!?
-Beide als Charly Chaplin verkleidet und Arm in Arm!

Sie hatte mich gesehen, -und blickte schnell zur Seite.

-Mein Herz schlug bis zum Hals, -aber auch Enttäuschung und Wut machten sich in mir breit!

Steffi hatte sie jetzt auch gesehen und drehte mich zu ihr.
-Aber als ich wieder zurückblickte waren sie zwischen den Leuten verschwunden.

Plötzlich hörte ich wie mein Name gerufen wurde und blickte mich um.

„Geralt!??
- Mama, …da ist Geralt!"

Wieder!?

„-Geralt! …-Hier bin ich!"

Was? -Wer?

Dann sah ich sie.

Es war Josie.
Sie saß auf den Schultern ihres Vaters und ihre Flügelchen flatterten im Rhythmus.

„Geralt!", -sie winkte mir zu.

Ich löste mich aus unserer Reihe.

…-nur Steffi ließ mich nicht los und gemeinsam lief ich mit ihr zum Straßenrand.

Ihr Bruder, der Cowboy, -stand neben seiner Mutter und zielte auf jeden mit seiner kleinen Pistole.

Freudestrahlend schaute Josie uns entgegen und auch ich strahlte jetzt zurück.
Ihr Vater blickte uns zwar etwas skeptisch an, ließ es aber geschehen.

„Josie, …oder soll ich besser sagen „mein Engel"?
Wie gefällt dir der Umzug? Du hast ja den besten Platz!?"
Die Kleine hielt mir ihre kleinen Arme entgegen.
Wir traten vor sie.

„Ist das deine Freundin?",
-fragte sie mich sofort, -mit Blick auf Steffi.

Steffi schüttelte ihre roten Haare.
„Sie sieht aus wie eine Hexe!"

- Josie nahm kein Blatt vor den Mund.

„Josie?"
-Ihre Mutter ermahnte sie kurz, -und von ihrem Bruder wurden wir wahrscheinlich zum siebenunddreißigsten Mal erschossen!

„Ja, -Ich bin eine Hexe!",
-sagte da Steffi zu ihr und rollte mit den Augen.

„...aber eine Gute! -Sonst wärst du nicht mit Geralt hier!?",
-rief sie sofort.
-...ganz schön gewieft für ihr Alter, - dachte ich mir.

Jetzt stellte ich mich auf Zehenspitzen und gab ihr einen Kuss auf die Wange.
„Ihre Tochter hat eine ganz besondere Gabe!",
-sagte ich dann zu ihrer Mutter.

„Sie kann Menschen wieder zum Strahlen bringen!"
Ich winkte ihr noch im gehen und Steffi warf ihr einen Handkuss zu.

Strahlend sah sie uns hinterher.

„Das war jetzt auch Besonders!"

Steffi strahlte mich an.
„Deine neue Freundin?"

„Hhm?
. -Heute Mittag auf ner Parkbank kennengelernt!
-Und der Kleinen hast es zu verdanken, dass ich jetzt da bin!"

Sie drehte sich sofort um und rief ganz laut.
„Danke Josie, ...-Danke!!!"

„Verrücktes Huhn!".
Schnell liefen wir den anderen hinterher.

25 (Foreign Affair – Mike Oldfield)

Das Jugendhaus war proppevoll.

Zum Glück hatte Ralf uns die Couchecke freigehalten.

Viele waren da die wir nicht kannten.

Denn nach dem Umzug ging man einfach hier- und dorthin, …
Hauptsache man bekam noch was zu trinken!

Ralf klemmte einen Keil in die Türe, damit sie offen blieb.
Denn jede Sekunde ging jemand ein- und aus.

Aus den Boxen dröhnte Party-Rock. -AC/DC, Slade, Nazareth, …und,
und… .

Die Tanzfläche war voll, -aber man hatte kaum Platz um wirklich zu
tanzen. Die meisten hielten ihr Getränk in Händen und wippten im
Takt.

Auf dem Weg zum WC oder zur Theke musste man sich zwischen den
Leuten durschlängeln,
-und wenn ich nicht immer hinter die Bar durfte, - hätte es mit unseren
Getränken lange gedauert?

Heike und Ralf waren als Piraten verkleidet.
Er hatte über einem Auge eine schwarze Klappe und das andere ganz
dunkel geschminkt.
-Absicht?

Wir fanden keine Zeit miteinander zu reden, -aber immer wieder
beobachtete ich ihn.

Nach einiger Zeit setzte sich Schaufel neben mich.
Ich konnte mir schon denken was jetzt kommt!?

„Sag mal Wuchty, …-gibt's da was was ich wissen sollte?"
Steffi beobachtete uns von der Tanzfläche.

Ich blickte ihm direkt in die Augen.
„Ganz ehrlich, -Nein!"
Er schnaufte.
„Komm schon. Ich beobachte es doch jetzt schon eine Weile!"

„Schaufel, …wirklich Nein!

Steffi ist ein tolles Mädel. Ich mag sie sehr."
Ich legte ihm eine Hand auf die Schulter.

„Aber du kennst auch unseren Ehrenkodex!?
-Niemand fängt mit jemanden anderem seiner Freundin irgendetwas
an, solange die noch zusammen sind.
Ob das Du und Steffi bist, -Conny und Berber, …oder egal wer!"

Dann schaute ich zu Boden.
„Und du weißt auch genau, dass es für mich nur die Eine gibt!!?"

Es dauerte einen Moment.
Jetzt legte er mir seine Hand auf.

„Sorry, Wuchty!"

„-Schon gut!"
Ich stand auf und schlängelte mich nach draußen.

Es dämmerte.
Die frische Luft tat gut.

-Oder auch nicht!
Mein Inneres wollte nach draußen und ich übergab mich über den
Gartenzaun.

-Was für ein Tag!?

26 (Uninvited Guest - Marillion)

Dann stand Ralf mit Bier und Zigarette neben mir.

„Besser?"
-Er hatte mich wohl dabei gesehen?

„Ja, -geht wieder.

Frische Luft wird echt überbewertet!
Die tut manchmal gar nicht so gut!?"
Wir lachten.

„Mit morgen alles klar?", fragte ich ihn.
„Bei mir schon, -aber du solltest jetzt mit Alkohol aufhören, sonst macht
sich der Doc um deine Blutwerte sorgen, -nicht um meine!?"

-Wo er Recht hatte, -hatte er Recht.

Gemeinsam gingen wir wieder nach drinnen.

In der Zwischenzeit war die Stimmung etwas gekippt.

Es lag Ärger in der Luft!

Ich konnte es riechen!

-Nein, …-wir konnten es beide riechen!

-Auch Ralf sog die Luft ein und stülpte die Augenklappe nach oben.

Stefan saß mal wieder mit seinen zwei Begleitern an der Theke und sie
hielten sich an ihren Bierflaschen fest.

Eine Gruppe etwas älterer Jungs, -vielleicht sechs- oder sieben, -alle als
Sträflinge verkleidet hüpften und tanzten wild kreiselnd über die
Tanzfläche.
Sichtlich angetrunken, …und sie provozierten!?

Schaufel, Fräulein und Steffi mitten unter ihnen.

Sie schafften es aber nicht aus dem Kreisel zurück zu unserem Platz, da
sie jedes Mal wieder von irgendeinem in die Mitte der Fläche geschubst
wurden.

Gleichzeitig begrabschten sie Steffi!

Einer griff ihr von hinten an die Brüste, -und als sie sich zu ihm umdrehte um ihm eine zu ballern wurde sie rüde nach vorne gestoßen.
Der nächste fing sie auf und legte dabei die Arme um sie und befummelte ihren Hintern.

Schaufel hatte keine Chance einzugreifen, da er immer wieder abgedrängt wurde.
Fräulein, -auch schon angesäuselt, wurde wie eine Marionette zwischen ihnen hin- und hergeschoben.

Ralf und ich schauten uns gleichzeitig an.
Wir nickten,
-aber ich hielt ihm den Zeigefinger hoch!

-Keine Dummheiten!?
…-er verstand!!!

„Du links, -ich rechts!",
rief er mir noch zu und dann rammte er seinen Körper mitten zwischen die Jungs.

Einer fiel durch seinen Aufprall zu Boden, einen anderen schlug er mit einem harten Faustschlag nieder.

Ich hatte mich gebückt, zwängte mich schnell zwischen ihren Beinen hindurch zu Steffi und stellte mich vor sie.
Gleichzeitig packte ich einen von ihnen an der Schulter und schleuderte ihn mit voller Wucht gegen den nächsten.
Beide taumelten nach hinten.

Ich zog Steffi aus dem Kreis und drückte sie Schaufel in die Arme.

„Verschwindet,…",
-mehr konnte ich nicht mehr sagen.
Ein wilder Schlag traf mich wieder einmal an der Wange und ich fiel von der Tanzfläche.
Sofort war einer von ihnen über mir und drückte mich zu Boden.

Aus den Augenwinkeln sah ich wie Ralf von drei von ihnen eingekreist wurde.
Er duckte sich zum Sprung und seine Augen glühten.

„Ralf! …-Nein!",
-ich schrie es so laut ich konnte.

Der Typ auf mir erschrak, und ich nutzte den Moment um ihm meine Linke auf die Nase zu schmettern. Dann packte ich ihn am Hals und drehte mich mit ihm, so dass er jetzt unter mir lag.

Auch die anderen Kerle hatten nach meinem Schrei kurz innegehalten.

Viele der Besucher waren erschrocken nach draußen gelaufen oder drückten sich in die Ecken um nichts abzubekommen.

-Jetzt brach das Chaos los!

Ralf sprang den an, der ihm am nächsten stand und riss dabei noch einen zweiten mit zu Boden.

Flaschen gingen zu Bruch und auch ein kleiner Stehtisch musste darunter leiden.

Ich wurde von einem anderen hochgezogen und bekam einen bösen Schlag in den Magen, der mich röchelnd zusammensinken ließ.

Ein spitzer Stiefel grub sich seitlich in meine Rippen und es knackte.

-Schmerz!
Und ich schrie wieder auf!

-Aber diesmal anders.

Ralf rollte sich zur Seite, doch plötzlich waren zwei über ihm und hielten ihn am Boden.
Ein dritter holte mit einer Bierflasche aus und wollte sie ihm über den Schädel ziehen.

Doch er wurde aufgehalten!?

-Stefan rollte wie ein Wrestler auf ihn zu und donnerte mit ihm als Prellbock gegen die hintere Wand.
Seine beiden Kumpels schnappten sich die anderen beiden und Ralf konnte sich wieder aufrichten.

Er blickte sofort zu mir.

Ich konnte mich vor Schmerz nicht mehr bewegen.

Aber durch die Aktion von Stefan und seinen Begleitern mischten sich jetzt auch Schaufel und die anderen ins Geschehen ein und es gelang ihnen die Gruppe nach draußen zu drängen.

Gefolgt von wüsten Beschimpfungen und Fußtritten durch Steffi machten sie sich schließlich davon.

Heike saß blass und kopfschüttelnd hinter der Theke.

Ich konnte nicht aufstehen, -jede Bewegung nahm mir die Luft.

„Geralt?, -Rippen?"
Ralf kniete neben mir.

„Hhm!, -mindestens zwei!"
Ich drückte meinen Arm wie eine Kompresse auf meinen seitlichen Brustkorb.

Einer der Gäste ließ sich von Heike einen Besen geben und fing an die Scherben zusammenzukehren.
Sofort halfen alle mit und das Chaos lichtete sich.

Stefan stand hinter mir und schaute Ralf an.
„Hoch?"
Ralf nickte.

„Auf drei?"

Ich sah nur Ralf, nickte und holte Luft.

„Drei!"

Zwei starke Hände hoben mich mit Leichtigkeit hoch.

Unter Schmerzen drehte ich mich um.

-Stefan.

„Danke!"

„Schon gut.

-Ich war bisher das Arschloch, -jetzt konnt ich was zurückgeben!"

Ralf blickte sich um.

„Sonst irgendjemandem was passiert?"

Niemand meldete sich.

Die Reihen hatten sich gelichtet, und es war außer den Stammgästen niemand sonst mehr da.

„Okay, -dann schließe ich jetzt ab und jeder der raus möchte meldet sich bei mir.

Für alle gibt's jetzt Freigetränke!"

Steffi´kam an meine Seite.

„Du musst ins Krankenhaus!"

„Nein, -da geh ich erst morgen hin!"

Meine Gesichtshälfte schillerte schon wieder in bunten Farben.

„Du hättest sie alle locker schlagen können!?

…-Stimmst?"

„Hhm!, …-aber zu welchem Preis?

Ich steh` doch eh schon überall unter Beobachtung!?"

„Und das alles nur weil ihr euch für mich eingesetzt habt!?", sagte sie.

Ralf blickte sie an.

„Steffi, -Du hast uns auch geholfen. …-und für dich immer wieder gerne!!!"

Sie blickte ihn sehr interessiert und fasziniert an.

„Sag mal, liegt das bei euch in der Familie?"

Ich folgte ihrem Blick.

Das Leuchten in den Augen von Ralf ließ nur langsam nach!!?

27 (Alive and kicking – Simple Minds)

Ralf hatte eine große elastische Binde aus dem Verbandskasten geholt
und legte mir jetzt einen festen Druckverband an.

„Mann, Mann, …-das hätte richtig böse ausgehen können?",
sagte er und zog den Verband fest.

„Ja, -für die Anderen. Hast du die gekannt?"
Er schüttelte den Kopf.

„Zum Glück hattest du dich unter Kontrolle!", ich blickte ihn an.

„Hatte ich nicht!!!,
-aber ich bin noch nicht so weit wie du!?"

-Hörte ich da Enttäuschung aus seiner Stimme???

„Sei froh! …-und hoffentlich kommt es niemals soweit!
Ralf, -bitte, -wehr dich dagegen, denn sonst,…!?"
Ich sprach nicht zu Ende.

„Denn sonst was… ?"
Er blitzte mich an.

Ich überprüfte den Verband, drehte mich um und ging Richtung
Couchecke.
„Danke!",
-schickte ich ihm noch hinterher.
Er nickte.

-Heike hatte uns die ganze Zeit von der Bar aus beobachtet.

Langsam ließ ich mich in die Polster sinken.

-Schmerz!
-Solange bis man die richtige Position gefunden hatte!?
-Doch der Schmerz ließ mich auch vergessen!

Birgit!
Der andere!!
Ralf?

Was für ein Sch….tag!!!

28 (Sleepless incidental - IQ)

Keine Minute Schlaf!

Die Schmerzen waren zu groß.
Und ich konnte mich nicht hinlegen.

…am erträglichsten wars im Stehen.

Die ganze Nacht ging ich im Zimmer auf und ab.

Meine Gedanken wanderten genauso wie ich,
-von hier zu da und wieder zurück, -um dann wieder von neuem zu starten!?

Aber die Zeit steht nicht still, -und so wurde es auch wieder morgen.

Rosenmontag und Faschingsdienstag waren schulfrei!

Langsam quälte ich mich die Treppen nach unten in die Küche.

-Kaffee!!!

Ma saß am Tisch und rührte in ihrer Tasse.

„Guten Morgen!"

„Hhm"
Ich nahm mir eine Tasse und schenkte mir ein.

„Was ist passiert?
Du hast die ganze Nacht nicht geschlafen, -ich hab gehört wie du auf und abgewandert bist und dabei gestöhnt hast!?"
Ich nahm nen großen Schluck, -setzte mich aber nicht.

„Ralf und ich hatten ne kleine Auseinandersetzung mit ein paar anderen Jungs.
-Dabei haben sie mir die Rippen gebrochen!"

„Was stimmt denn mit euch nicht? …kann man euch gar nicht mehr alleine lassen?"
Sorge, -aber auch Verzweiflung!

Mir war jetzt alles egal! Es sprudelte aus mir raus.

„Birgit hat mit mir Schluß gemacht, …-fast hätte ich Fräulein umgebracht!!!, …-Ralf ist infiziert!!!, …-und ich hab einen Engel getroffen!!!"

-Hab ich das alles jetzt wirklich gesagt?!?

Glaub schon, denn so wie sie mich jetzt ansah???

„Und jetzt?", das brachte sie noch raus.

„Jetzt fahr ich mit Ralf ins Krankenhaus!"

Draußen hupte es.
Ralf stand mit dem Auto mitten auf der Straße.

Ich ließ sie mit offenem Mund in der Küche sitzen.

Dr. Fahrenschon schüttelte nur den Kopf als wir mit unseren
Erzählungen fertig waren.
-Aber er sah Ralf dabei sehr nachdenklich an.

Während man mir einen festen Druckverband anlegte und etwas gegen
die Schmerzen spritzte, nahm er bei Ralf Blut ab und führte diverse
Untersuchungen durch.

Wir trafen uns in seinem Arztzimmer wieder.

„Und?"
Ralf schaute mich an.

„Besser!, -tatsächlich drei Rippen angebrochen,
…, aber, -der Cocktail wirkt schon wieder!
-Geiles Zeug!!!"
Der Doctor kam ins Zimmer.

Erwartungsvoll blickte ich ihn an.
Ralf machte einen eher gelangweiligten Eindruck.

„Geralt, -du wirst die nächsten Tage mit Schmerzen umgehen müssen.
Vor allem wenn du hustest, -oder lachen musst!?
Aber die Rippen sind nur angeknackst, -sie wachsen so zusammen wie
sie jetzt zueinander stehen.
-Du hälst das aus!
Und ich geb Dir ein paar Cocktails mit!"
Er lächelte leicht.

-Ich auch!?

Doch als er sich Ralf zuwandte wurde er sofort ernst.
„Du machst mir aber richtige Sorgen!
Ich dachte, ich hab jetzt schon alles zu sehen bekommen, -aber Du hast
noch einen draufgesetzt!!!"
Er setzte sich hinter seinen Schreibtisch.

„Die endgültigen Ergebnisse werden erst am Mittwoch aus dem Labor da sein, -aber das was ich vorher unterm Mikroskop hatte war erste Güte!!!
So ein Blutbild hatte ich selbst bei Dir nicht!"

Er blickte mich an.
„Und vor allem mit einer Blutgruppe die mir bisher auch erst nur einmal untergekommen ist!"
Er holte tief Luft und schaute zwischen uns hin und her.

„Ralf, …-wenn sich das bewahrheitet was ich vermute, dann bist du mit dem Blut von Wolfgang, Rudi, …-und auch von Geralt infiziert!!!"

Er stand wieder auf.
„Du wirst dich verändern!
-Aber nicht zu deinem Vorteil!
Die Viren werden die Oberhand gewinnen!
-Und nicht nur bei Vollmond!!!
-Aber gerade beim ersten, -nächsten Vollmond wird es dich treffen wie ein Donnerschlag.
Es ist eine Mutation, die wahrscheinlich seinesgleichen sucht!?"

Er faltete die Hände und sah ihn sorgenvoll an.

„Du wirst es nicht beherrschen können, -es wird dich vollkommen überrennen!"

Er machte mir Angst!!!

„Es wird im Vorfeld schon zu einigen Schüben, -Veränderungen, -Überraschungen kommen!?"

Das wird ja immer noch besser!!???

„Eigentlich sollten wir dich irgendwo einsperren wo es sicher ist!!!"

-Stille!

„Und?"

Fast flüsternd meldete ich mich.
„Kann man was dagegen machen? …-es aufhalten?"

Er schnaufte hörbar ein und aus.
„Ich weiß es nicht!
-Ich habe verschiedene Antiserums, die ich ausprobieren kann.
Aber ob die wirklich anschlagen kann ich nicht sagen?
Ich brauche viele Tests mit seinen Proben wenn sie aus dem Labor
kommen!
-Aber das dauert seine Zeit!"
Er setzte sich wieder.

„Da hilft nur eine Silberkugel!"

Ralf hatte bisher nichts gesagt, -und dies trug auch nicht zur Lösung
bei.
Irgendwie nahm er es noch immer nicht ernst.
Oder wollte es nicht!?

„Man könnte es mit einer Blutwaschung, - oder einer kompletten
Transfusion ausprobieren, …-aber dies bürgt natürlich für den Spender
sehr hohe Risiken.
Wenn man dabei nicht hundertprozentig steril arbeitet, kann sich auch
der Spender infizieren und man bewirkt das Gegenteil!"
Er klang nicht sehr optimistisch.

„Und für seine seltene Blutgruppe muss sich erst mal ein Spender
finden!!!"

-Aber es muss doch irgendwie gehen?
Er ist mein Bruder!!!

„Sie haben vorher erwähnt, dass sie jemanden kennen der dieselbe
seltene Blutgruppe hat?
Können wir die oder den nicht kontaktieren?
…-Fragen? …-Bitten?"

Er stand wieder auf und trat neben mich.

„Können wir schon!
-Frag Du Sie.",
er blickte mich an.
-Es ist Birgit!!!"

Schrecksekunde!

-Fügung?
-Bestimmung?
-Schicksal?
-Zufall?

…Niemals!

30 (Atomheart Mother – Pink Floyd)

Wir hatten für Freitag nochmals einen Termin vereinbart,
…-so hatte der Doktor Zeit genug die Werte zu bestimmen.

Ralf hatte ein spezielles Serum von ihm gespritzt bekommen, das seine
Funktionen extrem herunterfahren sollte,
…-sollten die Schübe einsetzen!?

-Aber ob, -und wie es wirken würde konnte er auch noch nicht sagen!?

Wir redeten nichts beim heimfahren.

Aus den Autoboxen dröhnte „Atomheart Mother" von Pink Floyd.
Er ließ mich aussteigen, -kam aber nicht mehr mit rein.

„Keine Lust mit Ma zu reden!", -war sein Kommentar.
„Und außerdem bin ich jetzt müde!",
…-dann fuhr er davon.

Ja, -müde war ich auch.
Ich spürte momentan die Schmerzen nicht, wusste aber dass sie
irgendwann wieder ganz laut anklopfen würden!!!

Schon im Flur nahm mich Ma in Empfang.

„Jetzt erzähl!
…-du spinnst doch wohl, mich einfach so sitzen zu lassen?"

„Ma, -ich hab keine Lust drauf, - und außerdem bin ich zu müde.
Und ich werde jetzt schlafen, solange das Schmerzmittel wirkt, -und ich
es überhaupt noch kann!?
Ruf Dr. Fahrenschon an, -oder Ralf, oder egal wen!?"

Wieder ließ ich sie stehen und ging nach oben.

-So hatte ich noch nie mit ihr gesprochen!!!

Tatsächlich fiel ich in einen tranceähnlichen Schlaf.

-Und ich träumte wieder!

…-Oder???

31 (A dream witihin a dream – Alan Parsons Project)

Wir verabredeten uns am Parkplatz an der Illerbrücke zwischen Vöhringen und Illerrieden.

Ich war angespannt wie ein kleines Kind an Weihnachten!
-Wie sollte ich ihr begegnen?

Sie stieg aus dem Auto und kam auf mich zu.

Tatsächlich, …-wie sie am Telefon gesagt hatte!?
Sie sah noch genauso toll aus wie früher!!!

„Hey!"
…-auch wie früher!

„Auch Hey!"
Sie hängte sich bei mir ein und wir gingen los.

Wir hatten uns über vierzig Jahre nicht mehr gesehen.
-Auch sonst keinen Kontakt.

„Weißt Du, …-ich seh dich noch immer mit mir gemeinsam in der Aula der Realschule stehen!?
-Du, in brauner Cordhose und rotem, engem Rollkragenpulli."

Sie hob den Kopf.
„Ja, -das war das letzte Mal dass wir uns gesehen haben!"

Wir gingen ein Stück schweigend nebeneinander her.
Jeder irgendwie in Erinnerungen versunken!?

„Wir sind alt geworden Geralt!
-Alt, ...-aber irgendwie kein bisschen weise!?"

Stimmt.
Wir werden dieses Jahr beide sechzig!
-Na und???

Kann man sich mit sechzig Jahren noch verlieben???
-Bestimmt!!!

Oder?

Hhm!?
-Für mich war mein Vater mit sechzig Jahren ein alter Mann.
Körperliche Nähe!, ...-Liebe!, ...-Sex!,
...-unvorstellbar!!!

„Wie ists dir die Jahre ergangen?"
Sie holte mich aus meinen Gedanken.

„Wahrscheinlich ähnlich wie Dir?
-Familie, -Kinder, -Job, ...oder in meinem Falle Jobs!"

Ich hob einen flachen Stein auf und ließ ihn über das
Oberflächenwasser der Iller hüpfen.
„Und dir, - Birgit?"

„Ja, -genauso.
Familie. -Zwei Kinder. -Geschieden.
-Und jetzt geh ich mit jemandem spazieren den ich dreiundvierzig
Jahre nicht mehr gesehen und gehört habe!"

„Schlimm?"

„Nein, ...-momentan sehr angenehm!"

Ich hängte mich wieder bei ihr ein.

„Und, -was machst Du so?"

„Ich schreibe Bücher, -und erzähle Geschichten."
Interessiert blickte sie mich an.

„Ja, -und demnächst erzähl ich eine, die von Dir und Mir handelt!?"

„Echt?"
„Klar, ...-den Titel hab ich auch schon im Kopf!
-„Der Wolf und die schöne Zauberin".
...-und Du kannst dir sicher denken wer, wer ist???"
Sie legte den Kopf etwas schief und blickte mich an.

„Geralt?"
Ihre Stimme wurde zu einem Flüstern.
Ich beugte meinen Kopf etwas zu ihr.
-Ich glaube sie traute sich fast nicht zu fragen!?

„Was ist mit deiner Bestimmung?"
Sie blieb stehen und blickte mich an.

Ein, -zwei flache Atemzüge und meine Augen leuchteten ihr entgegen.

„Ich werde Dich jetzt beißen, -und dann gehörst Du bis zu unserem
Lebensende zu mir!!!"

„Au Ja, ...-bitte mach das!!!"

32 (Awaken - Yes)

Der Traum war vorbei.

„Geralt! - Telefon!"
Es war kurz vor zwölf.

-Ich hatte das Läuten nicht gehört, -so fest hatte ich geschlafen.

Schnell richtete ich mich auf und wurde sofort in die Realität geholt.

-Schmerz!
Selbst das Luftholen nach dem Schmerz tat mir weh.

„Komme!", rief ich nach unten.

So „schnell" ich konnte ging ich nach unten.
Ma saß in der Küche.

Im Vorbeigehen schloss ich die Türe und hob den Hörer auf.

„Hier ist Geralt!", meldete ich mich.

„Geralt! ...-Hier ist Heike. ...Geralt kannst du vorbeikommen.
Mit Ralf stimmt was nicht. -Er macht mir Angst!
-Wahrscheinlich hatte er einen Albtraum, hat die Laken und das
Bettzeug zerfetzt!,..."
Ich spürte ihre Angst durchs Telefon.

„Heike, ...-beruhig Dich.
Der Doc hat ihm doch was mitgegeben, das soll er nehmen, -dann
beruhigt er sich schon!"
-Es war nicht wirklich ein Trost.

„Ich hab mir gedacht, bevor er mir was tut, oder ich die Polizei rufe,
-geb ich dir Bescheid!"

„Das hast du gut gemacht. Ich komm sofort!
- Wo ist Ralf jetzt?"

„Er ist wieder mal barfuß aus dem Haus. Keine Ahnung wo er hin
ist!?"

„Okay, -ich komme!"
Ich legte auf.

„Ich geh zu Ralf!",
-rief ich in die Küche, schlüpfte in meine Schuhe und warf mir meine Jacke über.
Anziehen konnte ich sie nicht.

Knapp fünfzehn Minuten später klingelte ich bei Heike.
Sofort öffnete sie mir.

„Ist er da?"
„Nein, -aber Danke dass du da bist!
-Ich weiß nicht mehr was ich tun soll?"
Sie nahm mir meine Jacke ab.

„Wie geht's Dir denn? -Siehst auch nicht gesund aus!?"

„Du hasts doch mitgekriegt!!" -Kurze Antwort.

Sie führte mich ins Schlafzimmer.
Die Laken und Bettdecken waren aufgeschlitzt und das innere zum Teil nach außen gestülpt.
„Er ist ja die letzten Tage immer wieder aufgestanden, -oder überhaupt nicht ins Bett."
Sie zitterte.

„Aber heute haben sich seine Finger in eigenartige Klauen verwandelt, -seine Augen haben geglüht und er hat angefangen das Bettzeug aufzuschlitzen.
Ich bin aus dem Zimmer und hab mich im Bad eingeschlossen, so lange bis ich gehört hab, dass er raus ist."
Ich hielt sie fest.

„Geralt!? -was passiert mit ihm?
Wird er wie Du?"
Das war jetzt nicht böse von ihr gemeint.

„Nein!, …wird er nicht!"
Ich holte Luft.

„-Schlimmer!!!"

Erschrocken blickte sie mich an.

-Warum sollte ich ihr was vormachen?

Sie hatte alles mit mir miterlebt!
Und, -laut Dr. Fahrenschon, ...-und dem was ich bis jetzt mitbekommen
hatte, wird es schlimmer!!!

-Punkt!!!

33 (Sleep with the enemy – Flower Kings)

Er kam zur Tür herein.

- Tatsächlich Barfuß! (...im Februar!)

Etwas verwirrt blickte er mich an.
„Was machst du denn hier?"

Ich nahm ihn am Arm und führte ihn ins Schlafzimmer.

„Was war denn da los?"
Er blickte Heike an. -Die rollte nur mit den Augen.
Ich hatte das Gefühl er war in seiner eigenen Welt1?
Es musste einer dieser Schübe sein, von denen Dr. Fahrenschon
gesprochen hatte?

„Ralf, ...-das warst Du!!!"
Er schaute ungläubig und setzte sich aufs Bett.

„Hab ich zuviel geraucht???"

„Nein, -wenn`s nur so wäre!?
Du wirst gefährlich!

-Du kriegst diese Augenblicke, -Schübe,
-in denen Du nicht mehr Du selber bist!
Das mag sich vielleicht für dich gut?, -oder stark anfühlen?
-Aber in diesen Momenten weißt Du nicht mehr was Du tust!!!"
Ich setzte mich neben ihn.

Heike blieb im Türrahmen zum Bad stehen.
Sie zitterte wieder.

„Okay! …-Pass auf!?"
Ich stand auf und nahm ihn am Arm.
„Du ziehst dich jetzt an und dann kommst Du mit mir!"
-Ich war mir sehr wohl bewusst, dass es schwierig werden würde,
wenn er nicht einlenkte!?

Seine Fingernägel waren mindestens drei Zentimenter lang und so
wie`s aussah, -Messerscharf!!!

„Ralf! -Komm mit!"
Ich wollte ihn einfach nur aus der Wohnung und weg von Heike haben,
-denn ich spürte dass Gefahr im Anzug war!?

Er war momentan nicht mehr in unserer Welt.

-Lag es an den Medikamenten?
-An dem Cocktail vom Doc?
-Oder war es schon soweit???
-Ich wollte es mir nicht vorstellen!?

-…und ich wusste auch nicht, -ob ich dann überhaupt in der Lage war
ihn aufzuhalten, -oder sonst was zu tun!?

Und wenn ich zu Heike blickte wurde mir heiß und kalt zugleich!

Ich musste ihn schnellstens von ihr wegbringen!!!

34 (No one can - Marillion)

-Kannst du fahren?"
Ich blickte ihn an.

„Eher nicht!", -sagte ich dann zu Heike.
„Fahr du uns.
Ma wird sich zwar freuen Ralf mal wieder zu sehen, -aber wenn sie die ganze Story hört, -wird sie nicht mehr so begeistert sein!?"

Heike nickte und packte ein paar Sachen von ihm in eine Sporttasche.
Sie wirkte etwas erleichtert!

Ralf saß unbeteiligt da und beobachtete seine Fingernägel.

In mir drehte sich wieder alles

-Komme ich eigentlich nie zur Ruhe?
-Reicht es nicht endlich?

…-und der schlimmste Gedanke war!
…-warum?
…letztes Jahr hätte alles vorbei sein können,
-und alles danach wäre nie passiert!!!

Trotz ihrer Angst und Sorge spürte Heike meine Gedanken.

„Geralt!, …ich bin sehr froh dass er dich jetzt hat!
-Auch wenn es für dich nicht einfach ist.
-Aber ich weiß, -daß ihr beide zusammen das durchstehen könnt!?
-Ich kanns leider nicht!"

Tja, -da war sie nicht alleine!

Birgit!?

35 (Only time will tell - Saga)

Ma staunte nicht schlecht, als ich mit Ralf im Schlepptau nach Hause kam.
Heike wollte nicht mit rein kommen.
-Verständlich!

Sie verfrachtete uns erstmal in die Küche und ließ sich alles erzählen.

Natürlich war sie angefressen!
-Aber sie hätte uns eh nicht helfen können!

„Ich denke ich werd noch Dr. Fahrenschon anrufen.
Er soll jetzt über alles Bescheid wissen!
Vielleicht können wir Ralf ja auch zu ihm bringen, -oder, …wer weiß?"

-Ich wusste auch nicht weiter, -war aber doch irgendwie froh dass Ralf neben mir saß.

„Morgen geh ich nicht zur Schule.
Mag Ralf und dich hier nicht alleine lassen, -und wer weiß wie diese Nacht wird!?"
Ich blickte zu Ma.

„Und außerdem hab ich keine Lust Birgit zu begegnen!"
Ma warf mir einen fragenden, aber auch zugleich besorgten Blick zu.

Er saß die ganze Zeit nur da.
Seine Fingernägel hatten wieder ihre normale Form.
„Müde?", fragte ich ihn.
Er nickte nur.

„Okay, -ich bring dich nach oben!"
Ich packte seine Tasche und half ihm auf.
Momentan war er wie ein kleines, müdes Kind!?

Heike hatte auch die Medi`s vom Doc eingepackt.

Ich holte einen Zahnputzbecher voll Wasser und schüttelte zwei
Tabletten aus dem Kunststoffbehälter.
„Nimm die! …heut` rauchen wir mal keine sondern nehmen Chemie.
Wird dir gut tun!?"
Wieder nickte er nur, und er schluckte sie sofort.

„Musik?"
Er mummelte sich schon in seine Decke.

Ich legte ihm die erste Seite von „Tales of Topographic Oceans" von
Yes auf.

„Schlaf gut, -ich komm auch gleich hoch,
…-möchte noch kurz mit Ma was bereden!"
Er gab nicht mehr an und ich hoffte dass er eingeschlafen war?

Dann ging ich leise nach unten.

Ma hatte eine Flasche Rotwein aufgemacht und rauchte wieder in der
Küche.
Ich schenkte mir auch ein Glas ein.

Meine Rippen schmerzten, -und auch sonst ging es mir nicht gut.
(…-das merkt man erst dann, wenn man zur Ruhe kommt!?)

Ruhe?
-…hatte ich schon länger nicht mehr???

„Erzähl, …-was war, …oder ist da mit Birgit?"

Eigentlich wollte ich nicht, -aber sie würde mit ihrer Fragerei keine
Ruhe geben?
…und vielleicht tat es mir auch gut darüber zu reden???

-Weil, …-so ganz verstehen, -nachvollziehen, -akzeptieren konnte ich es
noch immer nicht!?

Ich erzählte ihr alles.

„Geralt! -Es tut mir leid.
Ich konnte Birgit sehr gut leiden, -sie war fast schon wie eine Tochter!
-Aber jetzt tu mir,
…Nein, …tu -uns allen einen großen Gefallen und pass mir auf deinen
Bruder auf!
Du wirst ihn die kommenden Tage nicht mehr alleine lassen!
-Und ich will wissen was er macht und wo er ist!"

-Der Vollmond stand vor der Tür.

Es wurde dann doch später bis ich mich ins Bett quälte.

Ralf schlief.

-Aber immer wieder stöhnte er unruhig.

36 (The root of all evil – Dream Theater)

Wir hatten tatsächlich beide geschlafen.

Er blickte mich etwas verwirrt an, als er aufwachte.
Ich war schon länger wach und hatte ihn immer wieder beobachtet.

„So ganz genau weiß ich nicht mehr was los war gestern, -aber es wird
dann schon seinen Grund haben wenn ich jetzt bei Dir bin!?"
Er stand auf und zog seine Hose an.

Hhm!,
…den hat es wohl!

„Du warst gestern etwas daneben, -nicht nur vom Kopf her!?"

Er schnaufte tief ein und wusste nicht was ich meinte!?

„Hab ich was angestellt?", schob er nach.

„GottseiDank nur materielle Schäden, -aber wer weiß???
Auf jeden Fall hast du Heike ne Heidenangst gemacht, -und deswegen
bist Du auch hier!"

„Mann, -Mann, -Mann! -was passiert mit uns?
Hat doch schon mit Dir gereicht!!!
-Jetzt komm auch noch ich!?"

Er schüttelte den Kopf, -und ich entgegnete:
„Ja, …-und wahrscheinlich noch unberechenbarer als wir uns vorstellen
können???"
„Wie meinst du das?"
Er trat neben mein Bett.

„Du hast doch den Doc gehört!
…-es wird dich treffen wie ein Donnerschlag, -und du wirst
unberechenbar!"
Ich blickte ihn jetzt direkt und eindringlich an.

„Ralf!
Ich bin nicht mehr das Sorgenkind!
Das Problem bist jetzt Du!!!"

Jetzt setzte er sich zu mir.

„-Und wenn nicht noch irgendein Wunder mit dir geschieht, -dann
weiß ich auch nicht was beim kommenden Vollmond passiert???"

„Was meinst Du?", fragte er.

„Ich muss Dich töten!!!"

37 (Show don`t tell - Rush)

Es war dunkel und der Mond hatte schon fast seine volle Größe.

Ralf und ich saßen am Waldsee auf dem Steg.

Unsere Gesichter spiegelten sich im leichten Glanz der
Wasseroberfläche.

„Wie machst du das?",
Er schaute mich im Wasser an.
„Was meinst du?"

„Diese schnelle Verwandlung!
-Du kannst das ja auch wenn kein Vollmond ist!?"

„Hhm!, …das hat wohl mit meinem Blut zu tun?
Dr. Fahrenschon hat es mir so erklärt, dass normalerweise die
Blutzellen nur beim Licht des Vollmonds reagieren.
-Aber die Zellen in meinem Körper sind so weit ausgebildet, -oder
fortgeschritten, oder besonders, dass ich es kann wann ich es möchte!"

-Ich war nicht unbedingt stolz drauf; …-aber irgendwie auch schon!?

„Dann kannst du den Drang, -die Macht, -oder nennen es wir die Gier,
-auch kontrollieren?"
Er wirkte sehr interessiert.

„Ja, -zum Glück.
-Ich kann auch dem Vollmond widerstehen!"

„-Lass es uns ausprobieren!?"
Er stupste mich an der Schulter an.
„Komm, lass uns probieren ob ich es auch kann!?
Sag mir wie du es machst!?"

Ich schaute ihn an und schüttelte den Kopf.
„Denke nicht dass das eine gute Idee ist!?
-Was wenn du es schaffst und die Kontrolle über dich verlierst!?"

„Sei kein Spielverderber! -Wenn ich es kann, …-dann lerne ich es
vielleicht auch zu kontrollieren!!?"

Gierig schaute er mir in die Augen.

„Ralf, -zum wiederholten Male!
-Das ist kein Spiel!
-Was wenn du außer Kontrolle gerätst!?
-Was soll ich dann deiner Meinung nach tun?
Zusehen wie du als Wolf durch die Stadt läufst,
-Leute zu Tode erschreckst,
…-oder vielleicht sogar tötest?"

Meine Stimme hatte einen aufgebrachten, -nachhaltigen Unterton.

„Ich habe noch nie selbst getötet!…."
Jetzt wurde ich wieder ruhiger und redete leiser.

„…-aber es heißt, wenn man es bei Vollmond einmal getan hat, wird man es weiter tun.
-es wird eine unendliche Gier!!!"

„-Ja, das stimmt. Das letzte Mal habe ich für dich getötet!."
Jetzt wirkte er anklagend .

„-Aber das war auch wirklich das letzte Mal!"

Er stand schnell auf, drehte sich um und ließ mich sitzen.

38 (Amora Demonis - Hamadryad)

Er war jetzt schon seit fast zwei Stunden im Bad.

Die Türe hatte er abgeschlossen.

Schon vor einer großen Weile hatte ich gehört, wie das Wasser aus der Badewanne ablief.
Also eingeschlafen konnte nicht sein?

„Ralf, -mach auf. Andere wollen auch noch rein!"
Ich klopfte und horchte an der Tür.

Ich hatte mich mit der Clique im Löwenhof verabredet und wollte Ralf mitnehmen.
„Was machst du denn da drin"

Es kam keine Antwort.
-Aber ich hörte ihn atmen, -schnaufen, -stöhnen!?
…(-hoffentlich nur das was man halt auch mal macht?)…, dachte ich kurz.
-Aber ein anderer Gedanke überwiegte!?

Ma saß im Wohnzimmer und schaute fern.
Zum Glück war der Ton mal wieder viel zu laut.

Wieder klopfte ich.
„Mach jetzt auf!"

„Geh weg!!!", -es war ein rauhes Flüstern, -aber mit bedrohlichem Unterton.
Dann hörte ich berstendes Glas, -und ein gutturales Knurren.

„Scheiße, -Nein!"
Ich nahm einen kurzen Anlauf und krachte mit meiner Schulter gegen die dünne Holztür.
-Meine Rippen waren mir momentan egal?

Sofort gab sie nach und ich taumelte durch meinen Schwung nach innen.

Ralf,
…-oder besser gesagt eine Gestalt, die fast keine Ähnlichkeit mehr mit ihm hatte, …blitzte mich mit gelblichen Augen an.

„Geralt!, …es fühlt sich gut an!"
Seine Stimme klang heiser.
Er stand vor dem Waschbecken und überall darin lagen Scherben.

Er hatte wohl den Spiegel zertrümmert!?

-Vielleicht weil er über sich selbst erschrocken war!?
„Du siehst Scheiße aus!", -mein Kommentar für ihn.

Er wirkte größer, obwohl er etwas gebeugt stand.
-Stärker!
Seine hellblonden wirren Haare umrahmten eine fast ausgebildete
Wolfsfratze mit zwei Reihen langer und scharfer Zähne in seiner
länglichen Schnauze.
-Und er stank!

„Und jetzt?",
-ich baute mich vor ihm auf.

„Jetzt geh ich Jagen!!!"
Er drückte mich urplötzlich nach hinten.
Die Einfassung der Badewanne war mir im Wege.
Ich verlor das Gleichgewicht und flog in die Wanne.

Schnell sprang er aus dem Bad und hastete die Treppen hoch.

Bis ich mich aus der Badewanne aufgerappelt hatte, hörte ich wie das
Dachfenster aufgeschoben wurde.
Als ich oben ankam, war er schon über die Kaminkehrerleiter in den
Nachthimmel verschwunden.

„Dieser Arsch!!!", -mehr konnte ich dazu nicht sagen.

Ma hatte von der ganzen Aufregung noch nichts mitbekommen.

Ich rutschte das Treppengeländer runter und riss die Wohnzimmertüre
auf.

„Ma, ...-Ralf ist ausgebüchst.
-Und er hat sich verwandelt!
Ruf` schnell Dr. Fahrenschon an und hör auf das was er dir sagt was du
machen sollst! .

Dann gib auch Heike Bescheid!
Ich werd` mich auf die Suche, …-oder besser gesagt auf Jagd nach ihm machen!"

Erschrocken hielt sie sich die Hand vor den Mund. Stand dann aber schnell auf und ging zum Telefon.

„Schließe alle Türen ab und lass überall das Licht brennen."
Ich wusste nicht warum ich das sagte, -aber aktuell fiel mir nichts besseres ein…?

Ich zog mir Schuhe und Jacke an und lief aus dem Haus.

39 (Meeting – Jon Anderson)

Im Garten sog ich die Luft ein um ihn vielleicht zu riechen,
-und ich suchte nach Spuren.

Aber nachdem kein Schnee mehr lag waren solche nicht zu erkennen.
-Außer den alltäglichen Geräuschen nahm ich auch sonst nichts war.

Ich hatte den Drang mich ebenfalls zu verwandeln,
…-aber dann müsste ich mich wieder verstecken, -in Deckung gehen wenn jemand auf der Straße, -Balkon oder am Fenster war.

Nein, -so kam ich schneller voran.

-Wo wollte er hin?
-Was wollte er tun?
-Was würde ich an seiner Stelle machen?

Heike?
Jugendhaus?

Nein, -dachte ich bei mir.

Er würde jetzt erstmal seine neue Kraft, -seine gefühlte Macht erfahren, -fühlen, -sich mit ihr körperlich auseinandersetzen!?

Töten?
Auch „noch" nicht! ...-hoffte ich!?

Aber er könnte Schrecken verbreiten!
-Es würde dann wieder auf mich zurückfallen.

-Das hatten wir auch schon mal!

Im Jugendhaus brannte kein Licht, -und es war auch durch die Fenster und Türe nichts zu sehen und zu hören.
Also lief ich weiter zum Löwenhof.

Es war schon nach acht und es waren wieder mal alle da.
Sie hatten zwei Tische zusammengeschoben.
Ich blickte mich kurz um und nickte Rosi zu, dann setzte ich mich sofort zu ihnen.

Bevor irgendjemand was sagen konnte fing ich an zu reden.
„Seid ruhig und hört mir jetzt genau zu!",
-sie spürten sofort den Ernst in meiner Stimme.

Schnell in kurzen Sätzen erzählte ich ihnen was passiert war.

„Wir müssen ihn finden, ...-oder besser gesagt mir wärs am liebsten nur ich könnte ihn finden.
-Aber ihr könnt mir dabei helfen!"

„Wie?, -was können wir machen?", Steffi war die erste die was sagte.

„Als erstes möchte ich, dass niemand in den nächsten Tagen alleine unterwegs ist!
Am liebsten wär mir auch wenn Conny und Du zuhause bleiben könntet!?
-Es ist erst in zwei Tagen voller Mond, -und ich vermute und hoffe dass er nicht vorher Lust zu töten bekommt!?"

-Wie sich das anhört!!!

-Lust zu töten???

„Ne, ne mein Lieber!"
Steffi meldete sich wieder vehement zu Wort.
„Mich kriegste aus der Story nicht mehr raus!
Ralf hat mir vor ein paar Tagen sehr geholfen und jetzt gibt's
Revanche!"
Auch Conny und die anderen stimmten ihr zu.

„Also, -was können oder sollen wir machen?" -Schaufel.

„Okay, …-danke.
Wir werden jetzt erstmal alle unsere Telefonnummern austauschen.
Der, -oder die eine hat vielleicht noch nicht von jedem von uns die
Nummer?
Dazu bekommt jeder die Nummer vom Jugendhaus, von
Dr. Fahrenschon, von der Polizei, -und auch von hier."

Alle nickten und Fräulein ging zum Tresen um Zettel und Stift zu
besorgen.
Als er zurückkam war erstmal Schreiben angesagt.

„Geralt, -wie gefährlich ist er?"
Conny hatte noch nicht viel gesagt.

„Hhm?, -ich kann es dir wirklich nicht genau sagen!?
Wenn die Gier die Oberhand gewinnt, dann wird er sehr gefährlich.
Er ist stark.
-Stärker als ich, -und ich weiß nicht ob ich ihn aufhalten kann, -sollte es
soweit kommen!?"

Sie legte mir die Hand auf den Arm.
„Bei dir hört`s auch nicht auf!?"
Es war sowohl Feststellung als auch Frage,
-und ich wusste aber auch worauf sie unterschwellig anspielte!?

„Ich weiß nicht, ob das Jugendhaus über`s Wochenende aufmachen
wird?
-Denn ich glaube nicht, dass Heike es alleine macht, -oder schafft?

Also lasst uns doch, -wenn zwischenzeitlich nichts außergewöhnliches
passiert, ...-jeden Abend gegen sieben hier treffen. Dann können wir
uns austauschen!?"
Jeder fand den Vorschlag von mir gut.

Willi, ...-der bisher wieder mal vor den Automaten saß, kam auf dem
Weg von der Toilette an unserem Tisch vorbei.

„Geralt, -grüß Dich!
-Was habt ihr denn für ne Versammlung?"

„Wenn Du ein paar Minuten Zeit hast kann ichs dir erzählen?"
-Er könnte mir mit Laika auch wieder nützlich werden.
„Klar, -lass hören. Die Zeit nehm ich mir!"

Auch ihm erzählte ich im Schnelldurchlauf alles.

„Puh, -da muss ich doch wieder meine Wumme auspacken!?",
war sein ernstgemeinter Kommentar.
„Nein, -diesmal nicht! -Es ist mein Bruder!"

„Na dann! -Gib Bescheid wenn ich was tun kann?
Weißt ja wo ich wohne? ...Und, ...-Bier ist immer im Kühlschrank!"
Er ging wieder zu den Automaten.

„Okay, -ihr wisst jetzt alle Bescheid."
Ich blickte in die Runde.
„Morgen ist Freitag, -und wir treffen uns dann um sieben hier!?"
Allgemeine Zustimmung.

Ich stand auf und zog meine Jacke an.
„Also, -noch mal Danke. Und bitte haltet euch dran.
Immer gemeinsam!"

„Und Du?".
-Steffi.

Sie schüttelte ihre roten Haare und stand auch auf.
„Ich komm mit Dir!"

Schnell schlüpfte sie in ihre Jacke.
„Und Schaufel?", -fragte ich sie ehrlich.
„Tja!?", entgegnete sie.

Schaufel und Rosi, -die uns die ganze Zeit beobachtet hatte, zuckten
nur mit den Schultern.

40 (When the heart rules the mind - GTR)

Ich hatte mir kurzfristig überlegt noch schnell bei Heike vorbeizugehen.
Steffi hatte sich frech bei mir eingehängt.

„Hallo?",
-dröhnte es uns aus der Sprechanlage entgegen.
„Ich bins, -Geralt!", rief ich zurück.
Sofort ertönte der Türsummer und wir gingen nach oben.

Heike stand in der Türe und sah noch blasser aus als vor zwei Tagen.

„Hallo Steffi!",
-sie wirkte nicht überrascht und winkte uns rein.
Wir setzten uns ins Wohnzimmer.
Sie hatte überall die Rolläden runtergelassen, was sie sonst nie machte.

-Ma hatte bereits bei ihr angerufen und sie auf den aktuellen Stand
gebracht.
Es dauerte ein paar Minuten, bis wir über Ralf mit ihr sprechen
konnten.

„Geralt!, …er wird nicht so wie Du, -oder?"

Hoffnung lag in ihrer Frage, -und ich konnte mir sehr gut vorstellen was in den den letzten Stunden in ihrem Kopf vorgegangen sein musste!?

-Ich wollte ihr ein bisschen Hoffnung geben!
Ehrlich antwortete ich ihr.

„Nein, -er ist kein Alphawolf.
Aber wenn man ihn nicht vorher aufhalten kann, dann wird er töten und es dann immer wieder tun!
-Ich werde alles tun um ihn zu finden. Dann werden wir sehen!!!"

Heike drückte uns als wir wieder gingen und sie zitterte immer noch.

„Geralt?", -jetzt flüsterte sie.
„Bring ihn mir wieder! -Bitte! ..!"
Tränen kullerten ihr über die eingefallenen, blassen Wangen.
Ich nickte und drehte mich schnell um.

-Wer bringt mir meine Liebe wieder?

41 (Take me home – Phil Collins)

Steffi hängte sich wieder bei mir ein.
Diesmal liefen wir zurück Richtung Jugendhaus.

Wieder reagierte ich auf jedes Geräusch und sog die Luft durch die Nase.

„Schmeckste was?"
Es war das erste was wir miteinander sprachen, seit Steffi mit mir vom Löwenhof mitgegangen war.
„Nein, …-nur dein Parfüm!"

Im und ums Jugendhaus war immer noch alles dunkel und auch sonst nichts außergewöhnlich.

„Ich bring dich nach Hause!", sagte ich zu Steffi.
„Und was machst Du?"
„Werde weiter nach ihm suchen!"
„Dann komm ich mit!"

-Hartnäckig!

„Nein, wirst du nicht. -Ohne dich bin ich schneller und muss auf
niemand anderen aufpassen!"
Sie drehte sich zu mir.

„Das hast du schön gesagt!"
„Was?"
„Daß du auf mich aufpasst!"
Ihr Gesicht näherte sich meinem und sie wollte mich küssen.
Schnell drehte ich mich weg.

„Schade!"

Ich brachte sie bis zur Haustüre und ließ es dann doch zu, dass sie mir
einen Kuss auf die Wange drückte.
„Bis morgen!
-Meld` Dich bitte!? ", -rief sie mir noch hinterher.

Beim Weggehen bildete ich mir ein ich hätte auf dem verlassenen
Grundstück von Dr. Koppold eine Bewegung gesehen!?

Ich ging schnell um die Ecke und schlich im Schutz einer Hecke wieder
bis zum angrenzenden Garten, von wo ich das Haus und auch den
Garten beobachten konnte.

Ich stellte mich gegen den Wind und sog wieder durch die Nase.

-Nichts!

Im Haus des Doktors war alles dunkel.
(…er saß ja woanders!!!)

Eine Stahltüre der beiden Zwinger für seine großen Schäferhunde stand offen!?
(...-die Hunde hatte man nach seiner Festnahme nach Weißenhorn ins Tierheim gebracht.)

Ich kletterte leise über den Zaun.

-Auch in seinem Garten konnte ich jetzt nichts mehr erkennen.
Ich fühlte mich beobachtet!?

Mein Blick fiel auf das Haus von Steffi.
Der Rolladen an ihrem Zimmer war oben, -es brannte kein Licht;
-und ich konnte ihr Profil am Fenster erkennen.

Sie hatte es irgendwie mitbekommen und beobachtete mich!
Ich entspannte mich etwas!

„-Ist ja momentan nichts schlechtes???", dachte ich bei mir und konzentrierte mich wieder.

Langsam, -leise und vorsichtig näherte ich mich dem Zwinger mit der offenen Türe.

Diese waren sehr massiv gebaut.
Schwere Holzbalken bildeten den äußeren Rahmen, -immer wieder mit ganz engem Metallgitter durchsetzt.
Der Boden ebenfalls mit Holzbohlen ausgelegt und die schwere Metalltüre gab dem ganzen das Aussehen einer Gefängniszelle!?

Die Türe quietschte leise und das offene Vorhängeschloss daran klapperte als ich sie vollends aufschwang und nach innen blickte.

In der hinteren rechten Ecke lag eine große Decke.
-Fast wie ein Schlafsack?
Auf dem Boden war eine Matte ausgelegt.
Wasser- und Futternapf der Hunde war aus dem Zwinger gestellt worden!

-Es sah fast so aus wie wenn sich hier jemand einen Schlaf- oder Lagerplatz eingerichtet hatte?

Ich hatte auch sofort eine Ahnung!!?

42 (The visitor - Arena)

„Geralt!!! …-Vorsicht hinter Dir!!!",
-sie schrie durchs offene Fenster.

…die Warnung von Steffi kam zu spät!

Von hinten erhielt ich einen harten Schlag auf den Kopf, taumelte benommen in den Zwinger und fiel auf den Holzboden..
Ich hörte wie die Metalltüre zuknallte und das schwere Vorhängeschloss einrastete.

„-Du wirst mich nicht aufhalten!!!"
Natürlich war es Ralf.
-Auch wenn seine Stimme verändert klang.

Ich rappelte mich auf, zog mich am hoch Gitter hoch und schaute nach draußen.
Aber ich konnte nur noch einen großen schwarzen Schatten erkennen, der über den hinteren Zaun sprang und in der Dunkelheit des Obstgartens verschwand.
-Ich hörte nur noch sein rauhes Lachen???

Blut tropfte aus meinen Haaren auf meine Hände.
Mit einer Hand fuhr ich mir über den Hinterkopf.
-Noch mehr Blut!!

Vor der Türe lag ein dicker Ast..
„-Tja, -mit dem hat er mich wohl erwischt!?
…Scheiße!!!", -mein Kopf dröhnte.

Von der Straße vernahm ich schnelle Schritte.

-Steffi.

„Geralt?, ...-bist du okay?"
Sie eilte auf den Zwinger zu.

„Glaub nicht!"
Es hörte nicht auf zu bluten und ich spürte eine große Platzwunde an meinem Hinterkopf.

Sie rüttelte an der Türe.
„Geralt, -es steckt kein Schlüssel im Schloss!"
Mir wurde schwarz vor Augen.

„Geralt!?"

„Steffi schnell, ...-hol Hilfe!"
Dann fiel ich um.

43 (Crying for help - Arena)

„Um Himmelswillen! -Mach jetzt bloß keinen Scheiß!!!"

Steffi drehte sich sofort um und rannte schnell zurück ins Haus.
Sie kramte den Zettel mit den Telefonnummern raus.

Sie wählte die Nummer vom Löwenhof.

Es klingelte keine dreimal, -da war Rosi am Telefon.

„Rosie, ...-hier ist Steffi.
Schnell, -ich brauch sofort Hilfe!
Wer von den Jungs ist noch da, der ein Auto hat?"
Ihre Worte überschlugen sich.

„Ich hab ein Auto und es ist nur noch Willi da.
Sonst sind alle schon gegangen!
-Was ist los?"
„Keine Zeit, -gib ihn mir ans Telefon.
-Schnell!!!"
Sie wurde fast hysterisch.

„Willi, …-Willi!!!"
Steffi hörte Rosi rufen.
„Komm ganz schnell ans Telefon.
Steffi ist dran.
-Es ist irgendwas passiert!!!"

Für einen Moment war nur noch die Musikbox aus dem Hintergrund
zu hören.

„Was?"
Etwas mürrisch meldete sich Willi.

„Kannst du noch fahren?
Schnell komm her,
-Geralt wurde niedergeschlagen und ist eingesperrt.
Er liegt blutend und ohnmächtig da.
Wir sind beim Haus von Dr. Koppold.
-Komm schnell!!!"

„What the fuck!!!
Ich bin grad am gewinnen!?…"
Willi war nicht gerade begeistert!?
„-Aber klar komm ich.
Rosi wird fahren!"

„Danke! , …aber Schnell!!!"
Es klang fast wie ein Befehl von Steffi, -dann legte sie auf.

„Steffi, …-was ist denn los?
Ist was passiert?"

Ihre Mutter stand in der Wohnzimmertüre.
„Ja, -Mutter.
-Aber wir haben alles unter Kontrolle!
Brauchst dir keine Sorgen machen!
Ich erzähls dir nachher!"
Sie schob sie zurück ins Wohnzimmer und schloss die Türe.

Ein kurzer Blick ins Telefonbuch und sie wählte die nächste Nummer.
-Dr. Fahrenschon.

Auch dieser ging sofort ans Telefon.
In kurzen Sätzen erzählte sie ihm alles.

Dann lief sie in den Keller und holte eine Drahtschere und ein
Stemmeisen aus dem Werkzeugschrank.

Mit beidem „bewaffnet" rannte sie schnell wieder über die Straße.

Sofort machte sie sich ans Vorhängeschloss.
-Aber ihre Kraft reichte nicht aus, und auch die Drahtschere war zu
schwach um den Metallbügel zu durchtrennen.
Sie versuchte ihr Glück an den Gittern.
-Ein paar der dünneren Verstrebungen gaben unter ihren Bemühungen
nach, -aber es reichte bei weitem nicht aus um ins innere zu kommen.

„Geralt!???
-Geralt!!!"

Wieder rüttelte sie an den Gittern und trat gegen die Türe.
-Verzweiflung!!!

Wirklich keine zehn Minuten später rauschte Rosi um die Ecke und
hielt mit quietschenden Reifen vor der Garage.
Willi sprang aus dem Auto und Rosi hinterher.

„Willi hier! ...-hilf mir!"
Steffi hielt ihm die Drahtschere entgegen.
„Er liegt da drin und ich krieg das beschissene Schloss nicht auf!

-Hab`s auch schon mit dem Gitter probiert!"

„Oh Mann, -Geralt!?"
Rosi blickte besorgt durch die Gitter des Zwingers.

Willi versuchte sich nun auch mit dem Schloss.
„Keine Chance! …wir bräuchten eine Flex oder so was!?"
Er warf die Drahtschere zu Boden und blickte die Türe an.

„Aber wir müssen doch was machen können?"
Steffi wurde immer verzweifelter!

„Okay!?"
Willi hob das Stemmeisen auf.
Er schaute sich die Türaufhängung genauer an.

„Ich wuchte die Türe von unten durch das Eisen mit einem Ruck nach
oben und ihr zieht sie dann nach vorne aus den Bolzen.
Dann können wir sie aushängen!"
Er stemmte das Eisen zwischen Boden und Türe.

„Das kann euch aber vielleicht eure schönen Fingernägel kosten???"

„Scheiß drauf!!!",
war der Kommentar von Steffi.

„Auf drei?"
Er blickte sie an.
Zustimmendes Nicken.
Alle waren fokussiert.

Mit aller Kraft riss Willi das Stemmeisen nach oben und sobald die
Bolzen frei waren, zogen die Mädels die Türe nach vorne.

Ein metallisches Krachen vermischte sich nun mit Sirenengeheul.

Die Türe knallte, -nur noch gehalten durch das schwere
Vorhängeschloss, -gegen die Einfassung.

Der Rettungswagen bremste und hielt hinter Rosies Auto.
Dr. Fahrenschon und ein Helfer sprangen heraus.

Steffi war schon im Zwinger.

„Geralt!???"
Ungeachtet des Blutes hob sie meinen Kopf in ihren Schoß.

„Zur Seite!!!"
Dr. Fahrenschon drängte sich an Rosi und Willi vorbei.

„Erzähl mir was passiert ist!",
sagte er zu Steffi und machte seine Tasche auf.

„Bahre herrichten!"
Dies sagte er zu seinem Assistenten.
„Und du kannst ihm helfen!?",
-das galt Willi.

Jetzt ging alles wirklich schnell.

Ich wurde notversorgt und sie packten mich auf die Bahre.

Natürlich waren Steffis Mutter und auch ein paar der Nachbarn
aufmerksam geworden, -standen auf der Straße, -oder schauten durch
ihre Fenster zu.

„Willst du mitfahren?",
er fragte Steffi.
Diese nickte sofort.

Dann wandte er sich zu Rosi und Willi.
„Wenn ihr euch noch nützlich machen wollt, …-dann sagt ihr bitte
Geralts Mutter Bescheid.
Das kommt vielleicht etwas besser als wie wenn wir sie mitten in der
Nacht vom Krankenhaus aus anrufen!?"

„Heute Nacht noch, -oder reicht morgen früh?"

Rosi.
„Morgen früh passt!
Heute Nacht kann außer uns eh niemand mehr was tun!"

„Und, -danke für die Hilfe!"
Er stieg hinten ins Auto und mit Blaulicht rauschten sie davon.

44 (Your Move/I`ve seen all good people - Yes)

„Was?, …wo?"

Ich versuchte meinen Kopf zu heben, dieser war aber mit einem Gurt über die Stirn an die Bahre geheftet.

Dr. Fahrenschon saß neben mir und hielt mir sofort die Hand auf Kopf und Brust.
„Hallo Geralt.
-Schön dass du wieder bei uns bist!"
Seine Stimme hatte einfach etwas beruhigendes.

„Wo bin ich?"
Meine Blicke schwirrten hin und her.

„Wir fahren ins Krankenhaus.
Du hast einen bösen Schlag auf den Kopf bekommen.
Den werde ich nähen müssen, -aber ich möchte auch noch ein Röntgenbild machen um sicher zu gehen dass da nicht noch mehr als die hässliche Platzwunde ist!?"

Jetzt war alles wieder da.

-Schatten.
-Zwinger.
-Ralf.

-Schmerz!!!

Steffi, -die auf dem Beifahrersitz saß, hatte mitbekommen dass ich wieder wach war.
Sie klopfte gegen die kleine Scheibe die den Versorgungsbereich abtrennte.

„Geralt, …-du kannst sehr stolz sein!
Du hast tolle Freunde!",
sagte der Doc zu mir.

„Ja, …die Besten!!!"
Ich konnte meinen Kopf nicht heben oder drehen, …-so hielt ich nur den Daumen hoch.

45 (Lost - Now)

Die üblichen Untersuchungen.

Die Platzwunde wurde mit neun Stichen genäht!

Blutverlust,
-Schädelbrummen, …
…-und ein Teil meiner Haare mussten dran glauben!

-GottseiDank sonst nichts passiert!

Trotzdem behielt mich der Doc noch einen Tag zur Beobachtung auf Station.

…Ich saß am Fenster und hatte Zeit zum Nachdenken!?

-Ralf!?
…unbändige Kraft und Gier!

-Vollmond!
…er wollte töten!

…ich musste ihn aufhalten!!!
-aber wie?
-und konnte ich es überhaupt?

Würden wir uns vielleicht gegenseitig umbringen?

-…Er war der einzige der mich töten konnte!!?

Ich durfte meine Bestimmung nicht einsetzen, -und ich wollte es auch nicht!
-Aber gab es eine andere Möglichkeit?

Ein Klopfen an der Tür holte mich aus meinen Gedanken.
Eine junge Arzthelferin schaute herein.

„Der Doktor möchte noch kurz mit dir sprechen bevor du heimgehst?!
Er ist in seinem Zimmer."
„Ist gut!"
Ich stand auf und folgte ihr.

Er saß wieder einmal hinter seinem Schreibtisch.

Ich setzte mich und wartete.

„Was macht dein Kopf?"
Er legte seinen schief.

„Hhm!, …geht.
Ich glaub ich hab noch Glück im Unglück gehabt!?"

„Das glaub ich auch.
-Er hätte dich töten können!"
Begleitet von leichtem Kopfnicken.

„Tja, … -und jetzt muß ich ihn…???"

Der Doc stand auf und setzte sich vor mich auf die Tischplatte.

„…-Du wirst ihn vielleicht nicht mehr aufhalten können!!?
Es ist Vollmond und er wird versuchen zu töten!?"
Er schnaufte tief ein.
„Und wenn er es tut, …dann ist er nicht mehr zu stoppen!!!"

„Was?"

„Er wird, …-Nein, …er muss töten!"
Der Doc blickte mich durchdringend an.

Irritiert schaute ich mich um.
Es musste doch eine Möglichkeit geben!?

Das Telefon läutete.
„Entschuldige!",
er drehte mir den Rücken zu und meldete sich.

Langsam und angespannt beugte ich mich zur Seite.
-Ich hatte ihn immer im Blick.

Meine Hand zog die Schublade im Metallschrank leise und vorsichtig
auf.

Er war noch immer mitten im Gespräch.

Schnell griff ich mir eine der vollen Spritzen und schob die Lade wieder
zu.

Noch immer sprach er.

Ich steckte die Spritze ein und entspannte mich.

Er hatte es nicht bemerkt!

„Entschuldige!", -sagte er nochmals als er auflegte und sich wieder zu
mir wandte.

Ich nickte nur.

„Geralt, -versuche ihn zu finden und vielleicht kannst du ihn fixieren, -einsperren, ..oder ähnliches!?
Dann kann ich es mit Antiserums versuchen, ...oder vielleicht???"

Ich wusste auf wen er jetzt anspielte!?

„Ich werde auf jeden Fall alles tun um dir zu helfen.
Wenn wir es bis nach dem Vollmond schaffen, -ohne dass er getötet hat, ...-dann haben wir noch eine kleine Chance!?!?"

„Okay!"
Ich stand auf und passte dabei auf, dass die Spritze nicht beschädigt wurde.

„Ich habe mobilen Nachtdienst, -habe aber mein Telefon aufs Auto umgeleitet.
Du kanst dich jederzeit über die Notfallnummer melden und kommst bei mir raus!
Außerdem halten meine Kollegen und ich Augen und Ohren auf!"

„Danke!"
-...-aber wieder einmal blieb alles an mir hängen!!!

Ma holte mich ab.

„Ich hab Heike zu uns geholt!
Sie ist völlig panisch.
Ralf ist jetzt seit drei Tagen nicht zuhause gewesen.
Und es ist momentan auch besser so!"

Ich stimmte ihr zu.
„Ja, besser ist das!"
In Gedanken war ich schon wieder einen Schritt weiter.

„Ma? ...-ich weiß nicht was passieren wird!
Ich hab keine Ahnung was er vorhat, oder was er tun wird!?
Und ich weiß auch nicht ob es für irgendjemanden von uns gut ausgeht???"

Ihre Haut war aschfahl und ihre Wangen eingefallen.
Mit leicht zitternden Händen hielt sie das Lenkrad.

„Geralt. -wie wird das enden???"

„Hhm!?"

46 (Seventh House - IQ)

Es reichte nicht dass Ma die Haustüre aufschloss.
Die kleine Kette war von innen eingehängt und musste erst von Heike
gelöst werden.
(…na das hätte keinen von uns aufgehalten???, ….-aber es diente auch
nur zur psychologischen Unterstützung!)

Heike war genauso blass wie Ma, -aber sie war sehr erleichtert mich zu
sehen.
„Geralt, …tut mir leid!",
Sie umarmte mich und wollte mich gar nicht mehr loslassen.

„He, …braucht dir nicht leid tun!
-Du kannst ja nichts dafür!
Und wenn, -dann muß es mir leid tun, da ich ja der bin, der für dies
alles verantwortlich ist!!!"

„Geralt!!!",
meine Mutter schrie und blitzte mich an
„Sag das nie mehr wieder!"

Ma und Heike gingen in die Küche und ich zum Telefon.

Ich hatte Steffi versprochen mich zu melden, sobald ich zuhause war.

„Geralt, -ich bin so froh.
Hab mir große Sorgen um dich gemacht!!!"
Ich konnte es durch den Hörer spüren.

„Danke Dir.
Und auch sonst für alles!
Wenn Du, -oder ihr nicht gewesen wärt!?"

-Nein! …-ich wollte nie mehr weinen!!!

„Schon gut, …-für irgendetwas brauchste mich ja!?"
-Sarkasmus?

Geralt!"
Ihre Stimmlage veränderte sich.
„Geralt, …-ich hab mit Birgit telefoniert!"

„…und?"
-mein Herz schlug schneller.

„…ich sags Dir morgen persönlich.
Möchte dir dabei in die Augen schauen!?"

„Das ist jetzt gemein von dir.
-Zuerst machst du einen neugierig und dann???"
Am liebsten wär ich durchs Telefon gesprungen!?

„Wir Mädels sind halt so???"
Jetzt lachte sie mich durchs Telefon an! …-oder aus???

Als ich in die Küche zurück kam, war die erste Flasche Wein fast schon leer.

„Alkohol ist keine Lösung! …-aber manchmal hilft er!?",
das sagte ich als Jüngster,
-holte eine neue Flasche, -entkorkte sie und setzte mich zu ihnen an den Tisch.

Wir arbeiteten die letzten Geschehnisse auf.

„Was können wir tun?"
Heike schaute dabei mich an!? (…wir?).

„Ich werd nachher in Löwenhof gehen.
Muss mich bei Rosi und Willi bedanken, -und hoffe dass ein paar der
Jungs da sind!?
Vielleicht gibt's was Neues!?"

…aber ich wusste auch, dass jeder von ihnen angerufen hätte…!?

Ma prustete mich an.
„Du gehst nachher nirgendwo hin, -außer ins Bett!"
Sie blickte dabei auf meine kahl rasierte Wunde am Hinterkopf.

„Das glaubst du jetzt wohl selbst nicht!?
Außergewöhnliche Ereignisse erfordern außergewöhnliche
Handlungen!!!"
(…-ein Philosoph hätte es nicht besser sagen können!?)

Ma schüttelte den Kopf.
Heike konnte nichts sagen!

47 (Silent Talking - Yes)

Ich spitzte die Ohren.

-…Unruhe!

-Geräusche von oben!?

Gleichzeitig lief es mir eiskalt über den Rücken und meine frische
Wunde pochte.

Ich stand auf.

-Es war ein ganz leichtes Rumpeln!?

…Rumpeln!?
…Trampeln!?

…einfach ein merkwürdiges Geräusch, …-das aber in einem höchste
Alarmstufe auslöst!?
(…es fehlte nur noch die Musik von diversen Horrorfilmen!)

Meine Fingernägel wurden länger und mein Puls ging flach.

„Muss kurz nach oben, -was holen!
-Heike, -schenk doch noch mal nach!",
ich schaute nur Ma an.
Sie blickte zurück.

Ganz, ganz leise schickte ich hinterher, …
„…schließ die Tür hinter mir ab und seit leise!!!"
Meine Augen leuchteten auf und sie verstand!

Tiefgebeugt und vorsichtig schlich ich die Treppe hoch.
Ich hörte wie der Schlüssel hinter mir umgedreht wurde.

Es war soweit!

Er war hier!!

Ich konnte ihn fühlen, …-riechen, … und jetzt sah ich ihn!!!
Er kauerte mitten im Zimmer!

Die Bügel des Dachfensters waren ausgehängt und es stand weit offen!

Scheiße!!! …-Vergessen!

-Wir brauchten kein Licht.
Unsere Augen leuchteten wie kleine Sterne am Nachthimmel.

Von seiner länglichen Schnauze triefte Geifer.
Gebeugt, -aber trotzdem groß und muskulös!
Sowohl Arme, -als auch Beine waren gespickt mit langen, spitzen
Krallen.
Sein Gesicht!?, …-umrahmt von schwarzen langen Haaren!!!
(…Warum schwarz???)

Ralf hatte normalerweise hellblonde Haare!
-Warum gab es keinen Werwolf mit blonden Haaren???

Wieder einmal ein absurder Gedanke in einer absurden Situation???

In mir pochte, ...-rief, -klopfte, -schrie alles!
-Alles wollte nach draußen!

-Aber es durfte nicht sein und ich wollte es auch nicht zulassen!!!

48 (Waking the demon – Bullet for my Valentine)

Ralf hatte auch keine Lust zu reden oder vielleicht zu spielen!?

Er sprang mich sofort an.

Seine Klaue schlitzte mir über die Brust.

„Ralf?"
-Keine Antwort!

Aus seinen hellgelben Augen sprühte mir Mordlust entgegen.

„Ralf! -Ich bins, -Geralt!"
Keine Reaktion!?

Er nahm mich nicht mehr wahr!
Mit keiner Faser!

Kleine rote Rinnsale liefen mir Richtung Bauchnabel.

„Ralf???",
…ich tänzelte um ihn.

Wild stürzte er sich auf mich und drängte mich gegen die Wand.

„Er" stand in voller Pracht am Himmel und sein milchiges Licht strahlte durchs Fenster!

Seine Kiefer schnappten nach mir.

Ich wollte mich aus seiner Umklammerung befreien!

-Aber er war stark!

Ich biss, - spuckte, -kratzte!

Aber er hielt mich unbarmherzig fest.

Dunkles Blut lief mir schon aus einigen kleinen Wunden und färbte mein Leinenhemd zu einem bunten Fleckenteppich.

Seine langen Reißzähne kamen meinem Hals immer näher und lauwarmer Speichel floss ihm aus der länglichen Schnauze.

Mein Inneres schrie mir zu!
-Und der volle Mond am Himmel tat sein übriges.

Aber ich durfte mich nicht verwandeln.
-Nein!
"Lass es nicht zu!!!" -noch war die Vernunft stärker!

Es ist Ralf!
-Mein Bruder!

"Ralf! -Hörst du mich!
Ralf, -Bitte!!!" ,
-meine Stimme war nur noch ein leises Flüstern.
"Hör auf! - Bitte!"

Seine Kiefer schnappten wieder nach mir.
Meine Kräfte ließen nach.

Ich konnte ihn nicht mehr aufhalten.

"Ich muss es einfach tun!",
-mit diesem Gedanken fasste ich mit der Linken in die Gesäßtasche meiner Jeans und zog die Spritze heraus.

Die silberne Nadel der Spritze drang durch seine Halsschlagader und ich drückte sie bis zum Anschlag aus.

Wieder entging ich nur knapp seinen Reißzähnen.
Aber schon nach wenigen Sekunden lockerte sich sein Griff und ich konnte mich etwas befreien.

Die Wirkung setzte wirklich sehr schnell ein, -so wie Dr. Fahrenschon es beschrieben hatte.

GottseiDank!!!

Seine Augen verloren das Feuer und er rutschte wie in Zeitlupe an mir herunter.
Jetzt war nichts mehr von seiner unbändigen, unkontrollierbaren Kraft zu spüren.
Nein, -er fühlte sich an wie Gelatine.
Er sank halb auf mich und verwandelte sich.

Es war wieder Ralf!

-Aber was hatte ich getan!?

"Ralf!?",
-kopfschüttelnd, ...-ungläubig!

Ich taumelte mit ihm auf mir nach hinten, verlor das Gleichgewicht und wir fielen rücklings die Treppen nach unten.

Jetzt lag ich auf ihm und er rührte sich nicht mehr.

Das Gift hatte seine Wirkung nicht verfehlt!

Aus Todesangst wurde Panik, die sich in mir breitmachte!

Heike und Ma, die sich in der Küche eingeschlossen hatten blickten vorsichtig und ängstlich durch einen Türspalt und traten dann auf den Flur.

Verzweiflung lag in meiner Stimme.

"Er ist tot!", schrie ich panisch!
" -Ruft schnell Dr. Fahrenschon an!"

Dann rappelte ich mich auf, ließ sie stehen und ohne einen weiteren Blick rannte ich aus der Wohnung.

Ich hatte ihn umgebracht!!!
…zum ersten Mal hatte ich getötet!
Ralf!!!

Ich hatte alles verloren.

-Zuerst Birgit!
-Jetzt Ihn!

Und dann meinen Verstand!
Ich rannte und ließ alles hinter mir.
-Vorerst!?

"Was hatte ich nur getan???", -ich reckte "Ihm" die Faust entgegen!

49 (Everybody heals – Anderson/Stolt)

Es läutete an der Türe.
Nicht nur einmal.

Herr Ziegler blickte zu seiner Frau, die im Sessel saß.
„Was ist denn jetzt los? -Machst du auf?"

Das Läuten entwickelte sich zum Sturm.

Frau Ziegler stand schnell auf und lief zur Haustüre.
Trotzdem blickte sie zuerst durch den Türspion.

Es war Dr. Fahrenschon.

Schnell öffnete sie.
Er hatte den Finger immer noch auf der Glocke.

„Oh, Guten Abend Fr. Ziegler.
Ich muss dringend mit ihnen reden!
Ist ihr Mann und Birgit auch da?"
Er wirkte leicht aufgeregt.

„Ah, ja."
Fr. Ziegler antwortete etwas verwirrt.
„Um was geht`s denn?"

„Kann ich ihnen das drinnen allen erzählen.
Schnell.
-Und es geht um Leben und Tod!"

Sie winkte ihn rein und er hastete ins Wohnzimmer.

„Guten Abend Herr Ziegler.
Verzeihen sie die späte Störung, -aber ich brauche ihrer aller Hilfe.
Wo ist Birgit?"

Auch Hr. Ziegler war kurz etwas irritiert, -hatte sich aber schnell
wieder unter Kontrolle.

„Birgit ist auf ihrem Zimmer, -soll ich sie rufen?"
Er wollte aufstehen.
„Ich mach das!", meldete sich Fr. Ziegler vom Flur.
Laut rief sie hoch.
„Birgit!?"
Eine Zimmertüre ging auf.
„-Birgit komm ins Wohnzimmer, -Dr. Fahrenschon ist da und möchte
mit uns reden. -Schnell!"

„Komme!", -schallte es von oben zurück.

„Setzen sie sich doch. -Möchten sie was trinken?"
Fr. Ziegler trat jetzt auch ins Wohnzimmer.
„Nein danke."
Der Doktor hob abwehrend die Hände.

Birgit kam ins Wohnzimmer.
Jogginghose, Pulli und die Haare zum Zopf geflochten.

„Hallo Herr Doktor."
Sie reichte ihm die Hand und setzte sich neben ihren Vater auf die
Couch.
Alle blickten jetzt erwartungsvoll den Doc an.

Dieser räusperte sich und wandte sich dann an Hr. Ziegler.

„Also ich mache es schnell und kurz. Wir haben keine Zeit zu verlieren.
Es ist etwas sehr Schlimmes passiert!

-Ralf, der Bruder von Geralt liegt im Sterben!"

Fr. Ziegler schlug die Hand vor den Mund und auch Birgit wirkte
erschrocken.

Der Doc holte Luft.
„Es ist etwas schwierig zu erklären.
Ralf hat sich mit einem Virus infiziert, der sich rasend schnell in seinem
Blut ausbreitet und wurde zudem noch durch ein Nervengift gelähmt.
Wenn ihm nicht innerhalb der nächsten Stunden geholfen wird,
…-dann wird er sterben!!!"

Herr Ziegler stand auf und schenkte sich an der Anrichte einen Cognac
ein.
Dabei fragte er.
„…-und wozu brauchen Sie uns?"

Der Doc sah zu ihm auf.

„Ich brauche nicht euch, …-ich brauche nur Birgit!"

Birgit sah ihn fragend an.

„Ich muss ganz schnell eine Bluttransfusion und gleichzeitige eine
Apherese durchführen."
Jetzt blickte er Birgit an.
„Und Du bist die einzige im Umkreis, -die die gleiche Blutgruppe wie
Ralf hat!"
Sie wirkte noch erschrockener.

Er wandte sich wieder an Birgits Eltern.
„Dazu brauche ich natürlich ihre Einwilligung, -da Birgit noch nicht
volljährig ist!?"
Dann schaute er wieder zu Birgit.
„Und Du musst es natürlich auch wollen???"

Herr Ziegler schenkte sich sofort nochmals nach.
Trotzdem wirkte er sehr gefasst.
„Das tut mir natürlich sehr leid.
…-aber das bringt doch sicherlich auch Risiken für Birgit mit sich?"

Der Doktor nickte.
„Es ist nie ausgeschlossen, dass nicht irgendetwas unvorhergesehenes
passiert, …-aber ich kann ihnen versichern dass ich es mit höchster
Vorsicht, Umsicht und Sicherheit durchführen werde."

Fr. Ziegler meldete sich zu Wort.
„Was ist eine Apherese und was kann passieren?"

Der Doktor versuchte es wieder in einfache Worte zu fassen.

„Also, -Apherese ist ein Verfahren, das aus Blut ganz gezielt
Bestandteile, oder krankheitsverursachende Stoffe entfernt.

Dies geschieht außerhalb des Körpers mit einer Apheresemaschine.
Diese reinigt das Blut und es fließt danach wieder in den Körper
zurück.

Außerdem werden ihm speziell hergestellte Antiserums injiziert! Wenn wir dies dann noch zusätzlich mit einem gesunden Blutbild mischen können ist der Heilungseffekt wahrscheinlich am erfolgreichsten!?

-Aber ich kann keine hundertprozentige Gewährleistung übernehmen!

Im schlimmsten Falle kann sich der Spender auch infizieren oder es treten verschiedenste Nebenwirkungen ein!!!"

-Stille.

Der Doktor schaute bittend in die Runde.

Birgit stand auf.

„Papa. Mama!
 -Ich möchte es tun!
Bitte!"

Sie blickte sie flehend an.
„Ralf hat mir im Krankenhaus mit das Leben gerettet.
Jetzt kann ich was zurückgeben!"

Der Doktor stand auch auf und stellte sich neben sie.

„Du würdest uns für immer hassen, wenn wir es dir verbieten und Ralf sterben würde.
Aber ja, -ich möchte auch dass Du hilfst!"
Hr. Ziegler ging zum Doc.
„Ich vertraue Ihnen!"

„Danke!"
Sie schüttelten sich die Hände.

„Dann aber schnell. -Der Krankenwagen wartet draußen!
Deine Eltern können Dir morgen noch eine paar Sachen bringen!"
Der Doc nahm Birgit am Arm.

„Wir haben keine Zeit zu verlieren!"

Birgits Mutter stand mit offenem Mund da und musste alles erstmal verarbeiten.

Beim rausgehen drückte der Doktor ihre Hand und sagte:

„In drei, -vier Tagen, -wenn alles gut geht, …-und davon bin ich überzeugt, -wird sie wieder heim können.
Sie können sie aber morgen Mittag schon besuchen kommen!"

Ein kleiner Trost und Aufmunterung!

50 (Gypsy – Fleetwood Mac)

Der Doktor wusste welche Frage sich in Birgit schon seit seinem Auftauchen formulierte?
Sie saß auf dem Beifahrersitz und er rauschte mit Blaulicht Richtung Krankenhaus.

„Was ist mit Geralt?"
Sie blickte in nicht dabei an.

„Birgit, -ich weiß es nicht!
Geralt hatte mit Ralf diese fast tödliche Auseinandersetzung."

Er schluckte schwer.
„Geralt spritzte Ralf als letzten Ausweg das Nervengift, -das ich auch noch selbst entwickelt hatte!
Aber es hatte ihn nur gelähmt, …-sein Blut und sein Immunsystem ist sehr, sehr stark.
Dem vedankt er, daß er noch am Leben ist!
-Dadurch haben wir jetzt die einzige Möglichkeit ihm zu helfen!?
Und nur Du kannst es!!!

-Aber Geralt ist seitdem verschwunden, da er glaubt dass er Ralf damit getötet hat!

Er erzählte ihr was zwischenzeitlich noch passiert war.

51 (In Trance - Scorpions)

Im Behandlungsraum wartete man schon auf sie.

In der Mitte war eine mobile Trennwand aufgebaut und verschiedene medizinische Geräte standen davor.
Ralf lag dahinter!

Birgit wurde „Verkabelt!"

„Du brauchst keine Angst zu haben.
Versuche Dich zu entspannen!
-Ich werde Dir ein leichtes Beruhigungsmittel spritzen damit dein Puls regelmäßig bleibt."
Er versuchte sie zu beruhigen.

„Es kann sein dass es ein Schwindelgefühl oder leichte Übelkeit in dir auslöst!?
Kommst du damit klar?"

Sie nickte.
„Kann ich ihn noch sehen?"
Der Doc nickte.

Er gab den Helfern ein Zeichen und sie schoben die Trennwand zur Seite.
Birgit richtete sich leicht auf und schaute hinüber.

Auch Ralf war „verkabelt!", -und an verschiedene Apparaturen angeschlossen.
Die leichte Decke reichte ihm bis zur Brust.

Sein Gesicht war weiß wie das Laken auf dem er lag und die geschlossenen Augen lagen tief in den Höhlen.

Links und rechts an der Schläfe waren Dioden angebracht, die seine Hirnströme aufzeichneten.
Es war keinerlei Leben an ihm zu erkennen!

„Ich werde ihn retten!"
Birgit wirkte sehr optimistisch.
Ich will es und ich glaube ganz fest daran daß ich es kann!!!"

„Können wir?"
Der Doktor beugte sich zu Birgit.
Diese nickte und lehnte sich entspannt zurück.

Er injizierte die Spritze in eine ihrer Kanülen und gab seinen Mitarbeitern ein Zeichen.

Nach kurzer Zeit wandelte sie im „Nirvana!"

Es wurden lange und nervenaufreibende Stunden für den Doc und seine Helfer.

Regelmäßig kontrollierte er den Blutfluss.
Durch den Umstand, dass er das Nervengift ja selber hergestellt hatte, -wusste er ganz genau, -was und wann er etwas zusätzlich spritzen musste!

Er ließ sowohl Birgit als auch Ralf keine Sekunde alleine.

-Und sie schafften es gemeinsam!!!

52 (Who wants to live forever - Queen)

Sie wachte durch schepperndes Geschirr auf.

Eine junge Schwester stand im Zimmer und stellte ihr auf einem Beistelltisch Frühstück bereit.

Noch immer leicht benommen blickte sie sich um.
Es dauerte eine Weile bis sie sich erinnern konnte.

-Ralf?
…die Bluttransfusion!
-Geralt???

Sie bewegte und streckte sich unter der Decke.

Ein „Kabel" steckte noch in ihrer Armbeuge und war mit einem
durchsichtigen, -mit Flüssigkeit gefülltem, -Beutel verbunden, der an
einem Metallständer aufgehängt war.

„Guten Morgen! …ich hab Dir Frühstück gebracht!
-Und ich werde dem Doktor Bescheid geben dass du aufgewacht bist.
Wie fühlst du dich?"
„Geht so! …-wie viel Uhr ist es?"
So ganz weilte sie noch nicht unter den „Lebenden".

„Kurz nach neun!
Ich muß noch kurz Puls- und Fieber messen, -und dir Blut abnehmen.
Zur Kontrolle!"
Sie trat neben sie.
Birgit ließ es geschehen.

„Der Doktor wird gleich kommen."
Mit diesen Worten ging sie aus dem Zimmer.

Sie hatte keinen Hunger.
-Aber es duftete herrlich nach Kaffee!

Es klopfte kurz und bevor sie etwas sagen konnte trat der Doktor ins
Zimmer.

„Guten Morgen!"
Sie nickte nur.
Er nahm sich einen Stuhl und setzte sich neben ihr Bett.

Er sah mehr wie übernächtigt aus und hatte den Kaffee wahrscheinlich nötiger!?
Trotzdem schenkte sie sich eine Tasse ein.

-Schwarz, -ohne Zucker!

„Und?",
jetzt stellte sie die Frage.

Er zog die Augenbrauen hoch.
„Birgit, -wahrscheinlich hast Du Ralf das Leben gerettet!"

Sofort machte sich Erleichterung in ihr breit.

„Ralf ist stabil, sein Kreislauf arbeitet wieder, ...-auch wenn wir noch etwas nachhelfen.
In drei bis vier Tagen dürfte er wieder obenauf sein.
Wir werden die kommenden Tage sowohl mit ihm als auch mit Dir noch verschiedene Untersuchungen durchführen müssen!?"

Jetzt ergriff er ihre Hand.

-Aber Du hast es geschafft!
Du hast ihm das Leben gerettet!
Und ich danke Dir sehr dafür!"

Der Doc hatte eine kleine Träne in den Augen.
„Ich kann die Beiden sehr gut leiden!"

„Ja, sie sind Beide was Besonderes!"
Jetzt wurden auch ihre Augen feucht.

„Deine Eltern kommen nachher vorbei, -und auch die Mutter von Ralf wird dabei sein.
-Hoffe das ist Dir recht?"
Sie nickte.

„Na dann. -Wenn Du was brauchst melde Dich!?"

Er stand auf und ging zur Türe.

„Herr Doktor?"
Birgit richtete sich auf und sah ihn fragend an.

Er schüttelte traurig den Kopf und ging hinaus.

53 (Survival - Yes)

Es war kurz nach Mittag.

Sie kamen mit einem Auto.
Herr Ziegler durfte diesmal fahren.

Sie gingen alle zuerst zu Dr. Fahrenschon.
Dann teilten sie sich auf.

Birgits Eltern klopften vorsichtig und traten dann ins Zimmer.

Fr. Ziegler hatte eine kleine Tasche und einen Blumenstrauß dabei.

-Die üblichen Fragen!?
…die erwarteten Antworten!

Nach kurzer Zeit richtete sich Birgit auf.
„Geralt wird vermisst!? …-Keiner weiß etwas?"

Ihre Mutter antwortete.
„Ja, -der Doktor hat uns alles erzählt.
Die Polizei und auch seine Freunde suchen nach ihm.
Aber er ist verschwunden!
Seine Mutter ist mit uns gekommen, -sie wird nachher auch noch bei
Dir vorbeischauen!"

„Ich mach mir große Sorgen um ihn!"
Sie lehnte sich wieder zurück und blickte zur Decke.

„Ich hab ihm sehr, sehr weh getan!
Und, ,…und,!?"
Jetzt weinte sie.

„Ich liebe ihn noch immer!!!"

54 (Brother in arms – Dire Straits)

Nach drei Tagen durfte Birgit wieder nach Hause.

Es stellten sich keine Nebenwirkungen oder andere Schädigungen ein
und es ging ihr gut.
Ihre Eltern holten sie ab und warteten in der Eingangshalle.

„Ich brauch noch kurz zehn Minuten!",
sagte sie zu ihnen.
„Ihr könnt ja schon mal meine Tasche ins Auto packen!"

Sie ging die Treppen hoch und klopfte an Ralfs Zimmer.

„Come in!"
-Wie wenn er`s wüsste?

Er saß angezogen an dem kleinen Tisch vorm Fenster.

„Na Dir geht`s ja auch schon wieder besser!?"
Ihre Begrüßung.
„Und wem hab` ich das wohl zu verdanken?"
Er stand auf und nahm sie in den Arm.

„Wollt nur kurz Tschüss sagen. Ich darf heute schon heim!"
Birgit löste sich aus seiner Umarmung.

„Ich darf erst morgen!
Der Doc braucht nochmals ein paar Werte um sicher zu gehen!?"
Ralf setzte sich aufs Bett.

„Vernünftig!"
Birgit setzte sich neben ihn.

„Wir sind jetzt Blutsbrüder!",
sagte er zu ihr.

„…-schwestern!?"
Sie blickte ihn an.

„Blutsschwesternbrüder???"

„Okay, …-einigen wir uns auf Unentschieden!"
Jetzt drückte sie ihn.

Sie spürte wie er tief Luft holte.

„Birgit?
-Danke!!!
Du hast mich ins Leben zurückgeholt!"

Er stand auf, -nahm sie an der Hand.

„…-und ich werde Dir Geralt zurückbringen!!!

-Versprochen!!!"

55 (Time stand still - Rush)

Man traf sich Samstag Abend wieder im Jugendhaus.
Heute war das erste Mal wieder auf seitdem…?

Geralt war jetzt schon den neunten Tagen vermisst!?

Heike stand hinter der Bar und Ralf lief zwischen den Gästen hin und
her.

Bei ihr hatte es ein paar Tage gedauert, -aber durch Gespräche mit Dr. Fahrenschon und natürlich mit Ralf bauten sie wieder Vertrauen zueinander auf.

Die Clique saß wie immer in der Couchecke.

„Mann, -Mann, -Mann!? …-ich vermiss den „Spargel" schon!?"
Fräulein brach das Schweigen.

(„…und ich erst!!!"), -Steffi.
-Aber sie traute es sich nicht zu sagen.
Schaufel saß neben ihr.

„Keiner weiß was, -niemand hat ihn seitdem gesehen! …-das kann der Depp doch nicht mit uns machen!?"
Schädel brachte es auf den Punkt!

„Ich hab heut` mit Birgit telefoniert.
Hab sie gefragt ob sie heut` abend auch kommen möchte?
Sie wollte es aber nicht!
-Aber ich bin total stolz auf das Mädel!!!"

Conny erhob ihr Glas.
„Auf Birgit!"

Ralf kam dazu.
„Komm ich ja grad richtig!
Ja, …-auf Birgit!"

Es war ein Anflug von Verzweiflung zu spüren.
Keiner wusste etwas.
-Aber auch niemand wusste was man tun sollte, -konnte!??
Man erzählte sich Anekdoten.

-Gemeinsame Erlebnisse.
Ärger! - Schlägereien!
-Rummel!
Löwenhof!

Es war heute abend nicht sehr viel los und so saß Ralf mitten drin, statt nur dabei!

Jedem fiel irgendwas ein.

-Jugendhaus.
Open Air!
-Teestube.
Gemeinschaft!
-Grillen am Baggersee.

Es wurde sentimental!

Plötzlich stand Ralf auf.

Er ging schnell hinter die Bar zu Heike.

„Ich weiß wo er ist?", flüsterte er ihr zu.
„Ha?"
Heike verstand nicht.

„Ich weiß wo Geralt ist, …ich hab so ein Gefühl???
-und ich hol ihn her!"

Er hatte eine Eingebung, -zog sich seine Jacke an und ging.

56 (Watcher of the skies - Genesis)

Ich saß auf dem Steg und blickte ins Wasser.

Seit neun Tagen irrte ich nun schon umher.

Es waren verschiedenste Aktionen gestartet worden und auch jetzt noch patrouillierte ab und an die Polizei oder das BRK auf der Suche nach mir.

Auch die Clique nutzte jede Gelegenheit um mich zu suchen.

-Ich beobachtete alles, konnte aber immer unbemerkt verschwinden!

Untertags versteckte ich mich im Wald und in den leerstehenden Fabrikgebäuden im Stadtpark.

-Nachts schlich ich dann durch die Straßen von Senden.

Fast jede Nacht kauerte ich bei Zieglers im Garten unter den Hecken und wartete darauf dass in Birgits Zimmer das Licht ausging.

Traurig zog ich dann weiter.
-Aber mir war auch aufgefallen, dass ihr „Freund?" schon länger nicht mehr bei ihr war!?

Es regnete.
Und es war kalt!
...-Egal.

Mein Ebenbild wurde immer wieder mit den kreisrunden kleinen Wellenbewegungen der Wasseroberfläche durch die Regentropfen verzerrt.

-Es sprach mit mir!?

Wer?
-Mein verzerrtes Ebenbild!

Einbildung!?

Nein!
-Doch!!!

-Es stellte mir Fragen.

Leben?
-Was ist das?

Schmerz!!!
...meine Antwort!

...-aber ich konnte es nicht beenden!?

Wer denn?
-Ralf!

Kausalität!

-Die einzige Person die mich noch aus diesem „Leben" nehmen kann ist Ralf.
Und den hab` ich getötet!?

Kausalität!!!

Ich hörte Schritte.
Trotzdem blickte ich nicht auf.

Die?, -oder Der?, -war jetzt auf dem Steg.

Ich konnte nichts riechen.
Der Wind wehte von mir weg.

Dem Klang der Schritte nach aber eine männliche Person.
Achtzig Kilo?
Einsfünfundsiebzig groß! ...-dem Abstand der Schritte nach!?

Egal!
-Ich blieb sitzen und starrte aufs Wasser.

Aber innerlich spannte sich jeder Muskel in mir und ich scharrte mit langen Fingernägeln auf den Holzbohlen des Stegs.

„He, -lass mal stecken!"
Er sagte es mit einem Blick auf meine Fingernägel und setzte sich neben mich.

Ich sah unser beider verzerrtes Spiegelbild im Wasser.

-Fata Morgana???

Ich blickte neben mich.

Tatsächlich Ralf!?

-Endloser Augenblick!

Er war immer noch da?
Und ich konnte ihn jetzt riechen und atmen hören!

-Dann sprach er zu mir.

„Hab` mir gedacht dass ich dich hier finde!?
Hatte so ein Gefühl heutabend!"
Ich nickte seinem Spiegelbild zu.

-Aber ich hab nie mehr gedacht ihn jemals wieder zu sehen!???
Wie kam das denn???

Er spürte meine Ungläubigkeit und erzählte mir warum er jetzt hier
neben mir saß!?

Danke! -Danke! -Danke!!!

-Birgit!!!

Ich hatte noch kein Wort gesprochen, -aber er sah mir meine
Erleichterung an!

„Großer! …-Wie wärs jetzt mit `nem Bier?"
Er stand auf, reichte mir die Hand und half mir hoch.
„Da freuen sich wahrscheinlich noch mehr darauf Dich wieder zu
sehen!!"

Die Hose hing mir gerade noch so um die Hüften.

Seit Tagen hatte ich nichts mehr gegessen!

-Barfuß!?
Das weiße Leinenhemd?…
Ja, …es war mal ein weißes Hemd???,
-es flatterte an mir wie eine Fahne im Wind.

…No more Words!

Ich folgte ihm,
…-wahrscheinlich so wie damals die Heiligen Drei Könige dem Stern gefolgt sind???

Er setzte mich ins Auto und fuhr mit mir zum Jugendhaus.

-Aber, …-es war tatsächlich Ralf!!!

Leibhaftig und Lebendig!!!
Ich konnte es noch immer nicht realisieren!?

„Ghost of a Chance!?"

57 (The king will come – Wishbone Ash)

„The King will come", von Wishbone Ash dröhnte uns entgegen.

Ralf hatte mich in den Arm genommen und wir traten gemeinsam ein.

„Holy Shit!!!"
-Fräulein erkannte mich als erstes.

Es wurde still in der Couchecke.

-Und nicht nur da!

Alle standen auf.

Ihren Gesichtsausdrücken nach, hatten sie alle soeben einen Geist gesehen, -oder sogar eine unheimliche Begegnung!?

-Ja, -der Geist, …-und die Begegnung war ich!
Ich sah mich seit Tagen wieder im Spiegel, -der hinter der Bar hing.

Die langen Haare hingen mir wild und verklebt zum Teil ins Gesicht und über die Schultern.
Mein Gesicht war dreckverschmiert und die sonst so blauen, …(ab und an auch gelben!)Augen, …- hatten keinen Glanz mehr!?

Meine Hose würde wahrscheinlich nach dem Ausziehen von alleine stehen, …-und wo meine Schuhe abgeblieben waren wusste ich nicht mehr!?
…-und ich roch, …tja, -wie man dann halt so riecht!!?

Sie bildeten einen Spalier, -und ich stellte mich vor sie.

Ich schaute, -fühlte, …-ich lebte!!!

58 (Happiness is the road - Marillion)

„Eh Mann, …wie konntest Du uns das antun?!?
Du glaubst nicht was ick mir für Sorgen um Dir gemacht hab???"

Steffi baute sich vor mir auf und über ihre Wangen liefen Tränen.

„-Alles haben wir gemeinsam wieder hingekriegt!
-Aber Du?, …-Du haust einfach ab!?
Lässt uns sitzen, wie wenn wir nichts für Dich sind???
Du blöder Arsch!!!"

Sie haute mir eine runter und dann fiel sie mir heulend in die Arme.
„Mach so was niemals wieder!
…Niemals!!!
Wir sind doch eine Gemeinschaft!!!"

Alle traten sie zu mir und legten die Arme um mich.

Fräulein, -Schaufel, -Steffi, -Berber, -Conny, -Schädel, -Ralf, -Heike, -…tja, -aber jemand fehlte!?

Langsam, …-aber wirklich ganz langsam kam die Realität zurück!

Ich war wieder im Hier und Jetzt!!!

Nikotin, -Alkohol, -Parfüm. -Schweiß. -Freude, -Angst, -Musik, -der Luftzug wenn die Türe aufschwang!, …kaltes Frösteln!
-alles war wieder da!

Und doch fehlte etwas,
-oder besser gesagt jemand???

Ralf stand auf und nickte Heike zu, -die sofort verstand!
Sie gingen zum Telefon.

59 (Church of your heart – Flower Kings)

-Ich kam nicht zum Antworten.
Fragen über Fragen???

Steffi ließ mich mit ihren Blicken nicht mehr los.

„Geralt, -du warst ja schon vorher nicht so viel!?
Aber jetzt bist du ja noch viel weniger wie ich!!!"
Fräulein.

„Hhm?", -ich blickte an mir herab und nickte nur.

Ralf setzte sich mit einem Bier neben mich.
Er war wieder ganz der alte!!!
„Ich hab soeben mit Ma telefoniert und ihr gesagt dass ich Dich gefunden hab, …-und Dich nach Hause bringe!

-Kannst Dir vorstellen wie erleichtert sie ist???"

Wieder nickte ich.

Ich spürte den leichten Luftzug als die Türe in meinem Rücken
aufschwang.
Doch diesmal war er begleitet von angenehmem Frösteln.

Ich blickte auf und plötzlich saßen nur noch erwartungsvoll strahlende
und grinsende Gesichter um mich!?

„Geralt, …wir haben seit kurzem ein neues Mitglied in unserer
Familie!"
Ralf grinste auch.

Versteh ich nicht,
-Heike war doch nicht schwanger??? -oder?, …-und so lange war ich ja
auch nicht weg???

Ich konnte sie riechen!?
Ich brauchte sie nicht zu sehen!
Ich spürte meinen Herzschlag wieder!

…-ich wusste Sie stand hinter mir!?

Und jetzt konnte ich sie mit allen Sinnen spüren!

-Auf einmal war der Raum für mich mit Leben erfüllt!

„Blutsschwesterbruder!",
rief Ralf ihr zu.
„Ich hab es Dir versprochen!"
…er redete irgendeinen Kauderwelsch!?

Ich drehte mich um.

Birgit!

„Hey?", -sie strahlte mich an.

„Auch Hey?",

-die ersten Worte seit neun Tagen.

„-...und wie Du mal wieder aussiehst???"

60 (Lady Starlight - Scorpions)

Wir gingen nebeneinander her durch den Stadtpark.

-Schweigend.

Von weitem näherte sich eine Familie mit zwei kleinen Kindern dem
Spielplatz.
Wir setzten uns beide auf die an etwas rostigen Ketten hängenden
Schaukeln und ließen uns hin- und hertragen.

„Weiß gar nicht, wie ich das jeh wieder gutmachen kann?"
Ich brach das Schweigen.

„Tja, ...mein Lieber. Da kannst Du Dir mal richtig was Schönes
einfallen lassen!?"
Sie blickte mit einem Augenzwinkern zu mir.

„Hhm!?"

Inzwischen war die Familie am Spielplatz angekommen und ein Junge
flitzte an uns vorbei zum Kletterturm.
Irgendwie kam er mir bekannt vor?

„He!!!"
Eine hohe aber bestimmende Stimme meldete sich in unserem Rücken.
„Die Schaukeln sind nur für Kinder!
-Ab, -runter mit Euch!"

Ich hüpfte sofort von der Schaukel und drehte mich um.

Josie?

„Josie! …-Josie!",
rief ich freudig und ging ihr entgegen.

„Geralt!!!"
Als sie mich erkannte änderte sich ihre Stimmlage sofort.

„Geralt!"
Sie lief auch auf mich zu und breitete ihre Ärmchen aus.
Ich nahm Sie hoch und drückte sie.
Sie schmiegte sich an meinen Hals und fuhr mir mit den Händen durch
meine langen Haare.

Birgit beobachtete alles etwas verwirrt, und kam lächelnd hinter uns
her.

Ich ging mit Josie auf dem Arm zu ihren Eltern, die es sich auf einer
Parkbank bequem gemacht hatten und uns beobachteten.

„Mama, …-Papa! …-Da ist wieder Geralt!"
Ihre Stimme überschlug sich jetzt fast vor Freude.

„Hallo.",
begrüßte ich sie höflich.
„Ich bin Geralt!"

„Ah, ja! Der junge Mann vom Faschingsumzug!?",
antwortete mir Josies Mutter.
„Ich bin Natascha und das ist mein Mann Nikolai.
-Die Eltern von Josie und Noah."

Ich nickte und drehte mich zu Birgit, die jetzt hinter mir stand.

Sie wurde aber schon die ganze Zeit von Josie beobachtet.
„Das ist Birgit!"

Sie begrüßten sich gegenseitig.

„Ist das jetzt deine Freundin?“,
flüsterte mir Josie jetzt ins Ohr.
„Und was ist aus der rothaarigen Hexe geworden?“

„Hhm!?“

Sie ließ mich nicht mehr los und fühlte sich auf meinen Armen sichtlich
wohl.
„Los, -sag schon!?“
-Kindliche Neugier!

„Die rothaarige Hexe!?“
Sie nickte leicht.
„Hhm!, …-die sitzt in ihrem Knusperhäuschen und wartet auf kleine
Kinder!?“

„Du spinnst!!!“, sie lachte mich an.

„Und ja, Josie!
…Birgit ist meine Freundin. Aber auch noch viel mehr als das!
Sie ist mein Leben!
-Aber das verstehst Du noch nicht!“
Birgit stand jetzt neben mir.

Josie ließ mich los und breitete die Arme zu ihr aus.
Birgit nahm sie mir bereitwillig und mit einem Lächeln ab.

„Wollen wir Schaukeln gehen?“,
fragte Josie sie sofort.
„Klar!“
Birgit setzte sie ab.

„Wer als erstes auf der Schaukel ist!?“
Josie nickte und sie rannte los.

Natürlich gewann die Kleine.

Ich setzte mich zu ihren Eltern und wir unterhielten uns.

Noah, -so hieß der Junge der an Fasching als Cowboy verkleidet war, -kletterte immer noch und beachtete uns gar nicht.

Josie und Birgit aber hatten sichtlich Spaß.

Nach dem Schaukeln kam die Drehscheibe dran und dann gings zur Wippe.
Immer wieder steckten sie die Köpfe zusammen, redeten, kicherten und blickten mehrmals dabei zu mir.

Nach einer großen Weile kamen sie gemeinsam zurück und Josie hüpfte sofort auf meinen Schoß.

„Geralt, ...-weißt du was?!"
Sie flüsterte wieder und strahlte mich an.
„Birgit ist eine Zauberin!!!"

„Ja Josie! ...das stimmt, ...-und ich weiß es!",
Jetzt flüsterte ich auch und wir steckten die Köpfe zusammen.
„-und eine sehr schöne noch dazu!!!"

Ich gab ihr einen Kuß und fügte dann hinzu.
„Sie hat mich schon sehr lange verzaubert!"

„In was Geralt?",
ihre Wangen glühten jetzt vor Neugier.
„...-in was hat sie dich verzaubert?"

Für einen ganz kurzen Moment ließ ich meine Augen aufleuchten und sie sah mich fasziniert an.
„In einen großen starken Wolf!!!"

„Dann, ...dann kannst du sie ja vor allem Schlimmen beschützen!?"
Es war mehr eine Feststellung als eine Frage von ihr.

„Ja Josie, ...-das kann und das werde ich!"

„Das ist so schön Geralt!
…ich kann Dich richtig gut leiden!
Und wenn ich größer bin dann werde ich Dich heiraten!"

Ich tat überrascht und sagte.
„Denkst du nicht dass Birgit da was dagegen hat?
Vielleicht wird sie sauer und verzaubert dich dann in einen hässlichen
Frosch?"
Ich rollte mit den Augen dazu.

„Nein, -niemals."
Sie machte dicke Backen.

„Wir haben das vorher schon auf der Schaukel besprochen!
Birgit hat nichts dagegen! -Gell???"
Mit einem bestätigendem Nicken blickte sie jetzt Birgit an.

Diese nickte lachend zurück.

„Na dann!?"
sagte ich.

Wir lachten alle und ich drückte sie.

„Wir müssen jetzt gehen Josie."
Ich stand auf und setzte sie auf die Bank.

Mit einem Knicks wie man ihn früher zu Hofe gemacht hat verbeugte
ich mich vor ihr.

„Mein Engel! …-Es war mir mehr als eine Ehre!"
Ich gab ihr nochmals einen Kuss auf die Wange.

„Sir Geralt! …-auch mir war es eine Ehre!"

Sie war unglaublich!

Ich wandte mich ihren Eltern zu.

„Hoffentlich behält sie diese kindliche Natürlichkeit und Unbefangenheit bei!?

-Sie ist wirklich was ganz Besonderes!"

-Aber dies wird eine andere Geschichte!

Liebe Leser!

Die „Trilogy" ist nun beendet!

-Was aus einer Kurzgeschichte mit nur fünfundvierzig Seiten begann, endet nun nach dem dritten Teil!

Einige Biers!…
Gespräche!…
Anekdoten!…
Erlebnisse!…
Erinnerungen!…

…die Freunde „Jim, Jack und Jonny!"…

Aufmunterungen!…
Anregungen!…

…aber auch

Schreibblockaden!…
Kopfleere!…
Blödsein!…
Denkpausen!…

…oder nur Jabba Dabba Du - Bling, Bling!!!…

haben es ermöglicht!

-Und vor allem, … -DU !

Danke dafür!!!